夜の潜水艦

陳春成

大久保洋子 訳

アストラハウス

夜の潜水艦

夜晩的潜水艇
by
陳春成

［カバー作品］宮永愛子《suitcase -key-》2014
ナフタリン、樹脂、封蝋、ミクストメディア
Photography by KIOKU Keizo

［ブックデザイン］アルビレオ

CONTENTS

夜の潜水艦

一九六六年のある寒い夜、ボルヘス[*1]は汽船の甲板に立ち、海に向けて一枚の硬貨を抛《ほう》った。硬貨は彼の指のわずかな余熱を帯びて、真っ黒い波音の中へと飛び込んだ。後にボルヘスはこれを詩に書き、硬貨を抛った自分の行為は、この星の歴史に二本の並行した、絶え間ないつながり——彼の運命と硬貨の運命——をつけ加えた、と詠《うた》った。その後、陸上における彼の喜怒哀楽の一秒一秒はすべて、海底の硬貨の何も知らない一秒一秒と呼応するものになった。

ボルヘスが世を去る前年の一九八五年、オーストラリアのある裕福な商人が航海の旅路の退屈さから、連れの本を借りて読んだ。文学にまったく興味のなかった彼は、「ある硬貨に」と題する詩[*2]に不意打ちを喰らった。一九九七年、十年余りにおよぶ商業的成功を経て、この商人は計り知れないほどの巨大な富をなし、ボルヘスの最大の崇拝者となった。彼は各種の貴重な版本を収集し、ボルヘスが使ったパイプやサングラス、吸い取り紙、果てはボルヘスの中国語翻訳者である王永年《ワンヨンニエン》が翻訳に使った万年筆まで二本コレクションした（この時、王氏はまだ存命中であった）。だがこうしたことも彼の熱狂を落ち着かせはしなかった。その年の春、ある考えが夜明け頃に彼の夢の中に落ち、史上最も荒唐無稽な壮挙へと駆り立てた。ボルヘスが海に投げたあの硬貨を見つけようとしたのである。当時最先端の潜水艦を購入して改造をほどこし、世界各地の海洋学者や潜水艦専門家、海底作業員を招いた（陳《チェン》という中国籍の海洋物理学者がチームのリーダーを務めた）。商人は、自分の白日夢のためにそのエリートたちに力を尽くしてもらうことなどできるわけがないとよくわかっていたため、海底調査に長期的な資金援助をおこなうことを約束し、ただ研究の合間に、ついでにその硬貨の足跡を探ってくれればよいと言った。陳氏は尋ねた。「もしずっと見つからなかったら？」

「その時はずっと援助をしよう」

　詩に詠われたように、ボルヘスはモンテビデオ〔南米、ウルグアイの首都〕から出航し、セロ〔モンテビデオ湾西部に位置する海辺の町〕にさしかかった時に硬貨を海に投げ入れた。調査チームはその年の海流データを取り寄せ、セロ周辺海域を一キロ四方のいくつもの正方形に区画し、一区画ごとに捜索をした。海底鉱床や海洋ゴミと区別するため、チームは微小な体積の円形の金属片にのみ反応する金属探知機を特注した。結果は、大航海時代に海底に沈んだ金貨を数枚発見しただけだった。

目指す硬貨がすでに塩分によって数十年間かみ砕かれていることを考えると、わずかな残骸しか残っていなかったり、完全に消滅していたりする可能性は高かった。翌年、商人はチームに、セロを離れて全世界の海域で調査をおこない、探知機を起動し続け、万が一反応があった場合に引き上げる方法を考えるよう命じた。商人は発見の希望が微々たるものであることを知っていたが、捜索の過程そのものが、聖地巡礼のように、ボルヘスへの敬意を示すと考えていた。その間に費やす莫大な財産と長い歳月こそが、ボルヘスの偉大さにふさわしいのだ、と。

潜水艦アレフ号（この名は当然、ボルヘスのある小説のタイトルからつけられた）の技術は当時のいかなる国よりも進んでおり、干渉を避けるため、その調査活動が公にされることはなかった。潜水艦は指定された座標の海面に定期的に浮上し、商人の自家用ジェット機に報告をした。ジェット機は物資を運ぶとともに、潜水艦の外付けカメラが撮影した映像データを持ち帰った。商人は夜ごと、海底の画像を見ながら眠った。調査は三年近く続いた。一九九九年末、潜水艦は行方不明になった。海溝を探索した際に事故があったものと推測された。翌年、商人は病死した。彼の孫娘は何年ものちに祖父の形見を広げた時、それらのビデオテープを発見した。その中の一部に、不思議な映像があった。

潜水艦は一九九八年十一月にサンゴの迷宮に入り込んだ。サーチライトは絢爛《けんらん》とした幻想的な光景を照らし出した。乗組員たちが二つのサンゴ礁の間の距離を見誤ったため、艦は引っかかって身動きがとれなくなった。カメラは六時間後、遠方から一隻の青い潜水艦が駆けつけ、アレフ号に向けて魚雷を二発放つのをとらえた。魚雷は精確にサンゴ礁に命中し、潜水艦の躯体は解放され、酸欠で朦朧としかけていた乗組員たちは慌てて海面へと艦を浮上させた。その潜水艦は幽霊のように深海に消え、その後の航行で二度と相まみえることはなかった。

　わが国の著名な印象派画家で象徴主義の詩人である陳透納《チエントウナー》氏の死後に公開された手稿に、若き頃の暮らしを追憶した散文（小説に分類する者もいる）がある。それはこの神秘的な出来事に、もう一つの解釈を与えてくれるかもしれない。

　国慶節〔中国の建国記念日、十月一日〕に故郷に帰った。懐かしい部屋の古いベッドはとてもよく眠れる。どんな姿勢で寝ていても、その姿一つ一つに、かつての時間の中の無数の僕の同じ姿が折り重なっている。子どもから大人へ、一層また一層と重ねられ、まるでロシアのマトリョーシカのようだ。この秋の午後に、ことのほか満ち足りてくつろいだ気分で、ベッドは柔らかな湖面となり、僕は静かに沈んでいった。目が覚めてから室内を観察した。カーテンには褐色の落ち葉がたくさん描かれ、色々な姿で舞い落ちるさまは秋の日にぴったりだ。薄黄色のスギの床板に、薄黄色の机。青いデスクライト。丸い掛け時計の蛍光グリーンの針はずいぶん前に止まり、わけもなくそこに掛けられたままだ。壁は一度塗り替えたが、子どもの頃の落書きが、古代の壁画のようにまだかすかに見分けられる。こんなに長い年月が過ぎ去ったのに、僕はまだこの部屋を愛している。ここはもう潜水艦の操縦室ではないのに。そろそろ起きなければ。両親が僕を夕食に呼ぶ声は、まるでかなたの歳月の向こうから伝わってくるようだ。服を着る時、僕は自分がもう三十歳になったなんてまだ信じられない。

夕食の時に母が、沈《シエン》先生が先週亡くなった、と言った。子どもの頃に診ていただいたのよ、覚えてるでしょう。両親は妻がいる前では僕が病気だったあの数年間のことには絶対に触れないが、この時、妻は実家に用事があり、一緒に来ていなかったのだ。僕は箸をくわえたまま相槌を打った。中学の頃、僕は取りつかれたように病的な妄想にふけっていて、自分では何とも思っていなかったのだが、両親に言わせればそれは悪夢のような数年間だったそうだ。けれど今はすべて過ぎ去り、僕も結婚して子どもをもうけ、広告代理店に就職し、まともな人と同じように暮らしている。みんな大いにほっとしていることだろう。中学の頃から僕は育ちすぎた幻想にとらわれて、どうにも勉強が手につかなかった。どんなことにも集中できなかった。もっと小さい頃は誰もその症状に気がつかず、想像力が豊かだとほめてくれさえした。僕はドア枠の上の木目を指さして、こっちは古代の将軍の兜《かぶと》だ、あっちはパンダの横顔だと言い、両親もそんなふうに見えると答えたりした。時には大理石の床に座り込んでその模様をぼんやりと見つめ、こっちの細い線は川、あっちのまだら模様は山脈で、自分がその中で山越え谷渡る旅をするところを想像し、午後いっぱいかかってやっと次の大理石の上に移動するなんてこともあった。ある日、父が帰宅すると、僕がまじめな顔をして水の流れる便器を見つめており、何をしているのか尋ねると、僕は、ネス湖に大渦が起こって僕らの丸木舟が吸い込まれちゃう、と答えた。「僕ら」って誰だ、と父が尋ねると、僕とタンタン、それにタンタンの犬だ、と答えた。[*3] 父はただそっと僕の頭をなでて、助けてやろうか、そうしないと晩飯に間に合わなくなるからな、と言った。

そういう幻想はほとんどがその時限りのもので、小さな雲のようにどこにでも湧き出て、しばらくたちこめては消える。挿絵入りの本さえあれば、僕はそれを手に、空想にふけることができた。ボールペンの芯一本を、授業が一科目終わるまでずっと見ていられた。だから成績は推して知るべしだった。四年生になってからは、山水画に夢中になった。美術の教科書に載っていた『秋山晩翠図《しゅうざんばんすいず》』[*4]を見るなり、たちまち心を奪われてしまった。僕は絵の下の方の煙の中から山のふもとの奇妙な形をした木によじ登り、渓流に沿って上の方の小さな木の橋へと上がってゆき、絵の中で三日間を過ごしたが、現実では授業が二つ終わっていた。僕はノートに『渓山行旅図《けいざんこうりょず》』[*5]の中の峰の向こう側を描き、登山ルートを考え、登頂した後は草木の裏側に寝ころび、山の下を通る隊商をこっそり覗き見た。ある図録にあった『茂林遠《ぼうりんえん》岫図《しゅうず》』*6の中で一週間遊びまわり、どうやって渓流の傍から崖の下に行き、山中の猛獣を避けて安全な洞窟にたどりつくかを空想した。先生は僕が注意散漫で、授業中はいつもぼんやりしている、としょっちゅう両親に訴えた。

ピアノ教師だった母は、僕にピアノを教えて集中力を養うことにした。僕は言葉にならないほどの苦労をして指使いを練習し始めたが、黒鍵と白鍵は僕の眼の中でパンダになったりペンギンになったりした。最終的にはシマウマのかゆいところをかいてあげている気になった。母は興味をひこうとしてモーツァルトを何曲か弾いてみせ、練習すればこんなにきれいな曲を弾けるようになるんだと言った。僕は長いことぼんやりと耳を傾け、曲の中で熱気球に乗って上がったり下がったりしながら、最後に銀河の中に飛んでいった。別の曲では一人の男の子が湖の水面でヒップホップのステップで飛んだり跳ねたりしていた。最後の曲は明かりの灯った夜の遊園地を描写していた。母は僕がうっとりと聞き入っているのを見て、どう思うかと尋ねたが、感想を聞くとため息をつき、鍵盤のふたを閉じて言った。「遊びに行ってきなさい」それまで僕は見たものにしかでたらめな空想がわかなかったが、それからは音を聴いても空想できるようになった。

中学生の頃は歴史や地理にとても興味があったが、適当に聞いているだけでよく理解していなかった。そうしたバラバラの知識を養分にして、幻想はますます生い茂り始めた。頭から幾千万本ものツタが伸び、触れたものにはすぐにびっしりとからみつき、さらにそこで渦を巻きながら花を咲かせようとした。いつでもどこでもぼんやりとして、何に対しても上の空になり、よくうわ言を口走ったため、同級生たちからは変人だと思われていた。成績は当然、めちゃくちゃだった。両親はまず僕を学校の心理カウンセラーの所へ連れてゆき、それから精神科医や脳科学の専門家に何度か診てもらい、その中には僕に妄想性障害があると言う人も、何も病気ではなくただ想像力が豊かすぎるのだと言う人もいたが、みなどうしようもなく、もう少し大きくなれば良くなるかもしれない、と言った。両親はいつもため息をついたが、僕は何も気にしなかった。ハスの花托《かたく》の中で眠り、雲の端で泳ぎ、黒板の上を歩き、インク壺の中のシロナガスクジラを追いかけることができたし、先生に叱られながら宇宙を漂うことができた。誰にも縛られず、誰にも捕まらなかった。無数の世界を好きなように出入りし、この世界は単にその中の一つにすぎなかった。

　僕はいくつかの異常な現象に気づいた。空想の中で夢中になって山水画の中を登ると、空想が終わった後は全身がだるくなっているのだ。ある夜、寝る前に長いことモネの『睡蓮』を眺めて眠ったら、夢の中で身体がとても小さくなって、その花たちの間を泳ぎ回り、朝方目が覚めてみると、枕元には微かな香りがまだ残っていた。朝食の時、自分の香水をこっそりつけたのかと母から聞かれた。それで僕は、細部まではっきりと空想すれば、現実世界と融け合って、どこかでつながることができるのではないかと推測した。もし空想の中で山林から飛び出してきた虎に食べられてしまったら、現実の僕も消えてしまうかもしれない。もちろん、試したことはない。僕は単に夢の世界の体験者であることを楽しんでいるだけで、そのメカニズムを研究するつもりなどないからだ。それに、空想が十分にリアルであれば、それがもう一つの真実になるのだと信じていた。

中学二年の時、新しい遊びを考え出した。日差しの中に漂う埃に向かって空想するのだ。その時はもう、歴史について大雑把な知識を持っていた。僕は一粒の塵《ちり》を一つの星に見立て、その星の歴史を最初から最後まで、火を使い始めるところから、宇宙船を造って別の塵を探索しに行くところまで想像した。もちろん、その時は地球の歴史を参考にした。その後で、丸一日かけて数千年間の物事を空想することを思いついたが、構成がバラバラで多くの部分が破綻していたため、その幻想は簡単に消え去ってしまった。その気になれば、僕は一日かけてその星の一日を想像することができたが、作業が多すぎて面白くなかった。最終的に、一日で百年の歴史を作ることにして、生物や資源、国、大陸の形などを設定し、数日間空想すると、すべてが自力で成長し始めた。そうした物事を想像するのはちょうど川の流れに乗るようなもので、船を岸から水の中へ引き入れる時は難しかったが、その後は一押しするだけで、想像は自動的に育っていった。白日夢の続きは、しばしば夢の中にまで延びてきた。時には、僕たちの星の上に起こるあらゆることが、実は誰かが塵に向かって思い描いている幻想にすぎないのではないかという気になるほどだった。けれどこの遊びにはある欠点があり、それは始まりをどんなふうに設定しようとも、塵の上では必ず世界大戦が起こってしまうということだった。何度試しても避けられなかった。僕は戦場の殺し合いの音や、炎、きのこ雲などに翻弄されて幾晩も眠れず、やむなく手でタバコを揉み消すように、空想を止めるしかなかった。

その次に、最も夢中になれる、最も危険な遊びを思いついた。潜水艦を造ったのだ。

僕の祖父は海洋学者だった。僕が七歳の頃、祖父は家族の反対を押し切って、六十歳という年齢で海洋調査への招きに応じたが、いったいどこで何をするのかは教えてくれなかった。そして、二度と戻ってこなかった。とても幼い頃、毎晩眠る前に祖父が話してくれる海の中の物語を聞いた。父も子どもの頃にはそれらの物語を聞いたことがあり、それが僕の妄想症の原因になったと今でも信じている。よく祖父を恋しく思った。想像の中で、祖父は大海と一つに融け合っていた。十四歳の年、中学三年の一学期、海底を想像しようと決めた。ノートの裏に詳しい見取り図を描き、潜水艦を設計した。材料は最も硬い合金にしたが、具体的に何なのかは掘り下げる必要はなかった。エンジンは永久機関だ。潜水艦はカンランの実のような形で躯体の色は青、前方と両側には超強化ガラスの舷窓があり、暗視機能を備えていて、その窓を通して見ると海底は真っ黒ではなく、深い青色をしている。艦内の構造は僕の家の二階とそっくりだ。両親の部屋と僕の部屋、ピアノを置いたリビングとトイレ。僕の想像はこんなふうだった。昼間、二階はそのままの二階で、山に囲まれた小さな町の中にある。夜、僕が机の上のボタンを押すと、二階の空間はまるごと潜水艦の中に入ってゆき、海の中を航行する。両親は隣室で何も知らずに眠っており、窓の外は真っ暗で、二人には夜なのか海の中なのかもわからない。僕の部屋は操縦室だ。僕は艦長で、乗組員はフシギダネとピカチュウ[*7]だ。

毎晩、机の前に座り、指で机を叩いてシステムを起動させると、そこは色々な計器が並んだコンソールに変わる。前方の窓ガラスに深い青色の海底の景色が映る。副操縦席のピカチュウが言う。ピカピカ！　それは、キャプテン・チェン、出発だ！　という意味だ。フシギダネも言う。ダネダネ！　それは、準備オーライ、という意味だ。卓上の地球儀を見ると赤い光が一つ灯っていて、そこが現在地だ。今はもう太平洋の真ん中にいる。掛け時計は実はレーダー画面で、付近に敵がいないことを示している。僕たちが設定した航路は町を流れる川から閩江《びんこう》[*8]に出て、それから海に入り、台湾を周って世界旅行をするというものだ。潜水艦は川の中ではラグビーボールくらいの大きさに小さくなり、人目を引かない。海底に着くと元の大きさに戻るのだ。航行年は一九九七年にした。それは祖父がまだ海洋調査をしていた年で、会えるかもしれなかったからだ。僕はスタンドライトの首の部分(それが操縦桿だ)を握って前に倒し、きっぱりと言う。出発進行！　潜水艦は夜の色のような海水の中を穏やかに進み始める。

その旅で僕たちはたくさんの冒険をした。巨大なタコに追いかけられ、一晩中、高速運航をした。潜水艦が急速潜水してステルスモードを起動し、岩に擬態したため、タコは僕たちの頭上で迷い、吸盤がびっしりついた長い触手をくねくねさせて、不思議そうに辺りを見回していた。僕たちはその下で息を殺し、甘美なスリルを味わった。きらびやかな神殿のようなサンゴの林の中を三日間潜航したこともあった。一隻の潜水艦がその中で座礁しているのを見つけ、どの国のものかはわからなかったけれど、助けてあげたこともあった。もしかすると現実の海底に入り込んでいたのかもしれないし、その潜水艦は他人の空想だったのかもしれないが、深く追究しなかった。ある時、海溝を探検していると、暗闇の中でモササウルス〔後期白亜紀の海に生息した巨大爬虫類〕が音もなく現れ、あやうく噛みつかれそうになった。鋭い歯が艦体をかすめる音は、今思い出しても身の毛がよだつ。舷窓越しにそいつの全身に生えたうろこを観察すると、鍛え上げられた鉄のようにつるつると光って、意外にもきれいだった。おとなしいシャチと友達にもなった。ピンチに遭って信号を発するたびに、シャチは守護神のようにたちまち駆けつけ、一緒に戦ってくれた。

　その空想を始めてから、想像力を夜にまとめて使うようになったため、昼間に妄想にふけることはぐっと減った。だが相変わらず授業はたいして聞いておらず、いつも潜水艦の図面を改良し、新しい冒険の計画を練っていた。夜の自習から帰宅すると、部屋でその夜のおおまかな内容を考え、それから机を叩いて、座ったまま空想の中へ入る。空想のストーリーは考えておいた通りだが、自分でもコントロールできない変化が起こることもあり、そうなってこそ面白かった。眠ってからは空想の続きを夢の中で見た。サンゴの光沢や水草の影が、夜ごとに窓の外で揺れていた。

　ある夜、父は友人と酒を飲み、遅くまで帰ってこなかった。僕は焦った。もし二階の空間が深海の潜水艦の中に入ってしまったら、元の場所はどんなふうに変わるのか、考えたこともなかった。父が二階に上がってきてドアを開けたら、もしかすると空っぽの空間か、部屋いっぱいの海水を目撃してしまうかもしれない。待つしかなかった。冬に入ってからというもの、机の前に座っているのはひどく冷えたから、僕は操縦席をベッドの上に移動させた。枕元の模様は各種のボタンだ。ベッドのヘッドボードはディスプレイで、透視機能と照明を起動させると、光の筋に貫かれたディープブルーの海水や、艦体をかすめて泳ぐ魚、海底の砂や石ころが見える。僕は布団をかぶってベッドに腹ばいになり、両手を枕元に投げ出し、出発の時を待ちかまえた。十時半、父がやっと帰ってきた。玄関に鍵をかけ、階段を上がり、寝室のドアをそっと閉める物音を聴いているうちに、幸福感が布団の中でむくむくと湧き起こった。あたかも鳥が木に宿り、魚が淵《ふち》に身をひそめるように、すべてが安らかに落ち着いて、夜は今こそ真に降臨する。ドアはすべてぴったりと閉まり、家は硬い果実の殻のように閉ざされてゆく。窓の外はしんと静まり、時折遠くの犬のけたたましい吠え声が、仄《ほの》暗い海面に揺れ動くかすかな光のように耳に届く。こんな夜の中にとどまって、永遠に戻らずにいられたら。起動ボタンを押し、僕は潜水艦の中へ入る。フシギダネが尋ねる。「ダネダネ？（今日はずいぶん遅いね？）」僕は答える。お待たせ、出発だ！　その夜、僕たちは北極海の氷層の下を潜航した。暖房装置を設計し忘れていたので、翌日、目が覚めてみると風邪をひいていた。

高二のある夜、自習を終えて、今夜はマリアナ海溝の探検だと喜び勇んで家に駆け戻った。その日のために僕たちは長いこと準備を整えており、ピカチュウなんてもう待ちきれない様子だった。玄関を入ると、両親が揃ってリビングに腰を下ろし、じっと黙って僕を待っていた。サイドテーブルには僕のノートが置いてあり、ページは開かれて、どのページにも潜水艦が描いてあった。顔がカッと熱くなり、目はノートに釘付けになったまま、一言も発せずにいた。しばらくすると父が口を開いて言った。透納《トウナー》、もうこんなことはするんじゃない。

明かりの下の二人の心配そうな表情を見て、二人がずいぶん老けたことに初めて気づいた。ここ数年、一日中海底に入り浸っていて、両親の様子をじっくり見たことは少しもなかった。その晩、二人は僕に多くのことを語り、この数年間の憂慮を訴えた。母は泣いた。あんなふうによるべない表情が父の顔に浮かぶのを見るのは初めてだった。その話し合いは重苦しく、楽しさの絶頂に頭から覆いかぶさってきて、何年も後に思い出しても、言葉はもうおぼろげになってしまったのに、気持ちがぐんと暗くなるほどだ。大学受験、就職、結婚、住宅購入、そういった概念はそれまでずっと僕の宇宙の外側に漂っていたが、その時になって初めて、灼熱の隕石のように一つまた一つと目の前に墜落してきた。それはまともな人たちが気にかけるべきことなんだ、と僕はやっと気づいた。もう少しまともになれ。僕に対する両親の要求もそれに尽きた。実際は空想にふけったり成績が悪かったりする以外、何も常識はずれな言動はなかったが、両親は僕のふらついた姿勢や、この世界でだけ暮らしているわけではないことを見抜いていたのだ。けれど僕はぼんやりとしていて、自分の病的な状態や両親の苦しみにずっと気づかなかった。あんなに多くの時間を虚無の海の底に投げ捨ててきたことを思い、僕は初めて、焦りとはどんなものなのかを味わった。

その夜、僕は潜水艦に乗りこまず、多くのでたらめな夢ばかり見た。夢の中の景色はどれも歪んでいて、まるでモダニズムの奇妙な絵画のようだった。

翌日、授業に集中しようとしたが、もうそれができなくなっていることに気づいた。空想してしまう。空想を抑えきれない。教室の壁の亀裂を見れば、それが海溝の平面図だと想像する。差し込む陽光を見れば、無数の星がその中で追いかけっこをしているのを想像する。消しゴムを見れば、その匂いが潜水服のフィンに似ていることを想像する――浅い海で真珠を採った時に着たのだ。教科書を開いてみたが、最初のページの十数人の編者の名前を見て、そこからその人たちの性格や容貌、育ちを推測して半時間ほどぼんやりしてしまった。頭の中に幾千万ものツタが伸び、その一本一本がまた無数に枝分かれし、空一面にみなぎる枝葉が教室中に音もなく、すべての人を呑み込むまでに蔓延《はびこ》った。

こうして三日が過ぎた。その三日間、僕は潜水艦に乗らなかった。もちろん、別の世界を想像することはできた。その世界の両親は僕を心配したりせず、僕は相変わらず夜ごとに潜水艦を操縦していられて、二人は何も気づかずに隣の部屋で眠り、海底散歩に付き合っている。けれどあの夜の二人の憔悴《しょうすい》した表情や疲れた声はもう僕の頭の中に刻み込まれていて、あんなふうに自分にも他人にも嘘をつくことはできなかった。大学受験に比べれば、マリアナ海溝の探検なんて本当にどうでもいいことなのだ。両親にこれ以上つらい思いをさせるのは忍びなかった。僕は頑張らなければならなかった。

三日目の夜、対策を練り、部屋のドアを閉めて机の前に座った。目を閉じる。あらん限りの想像力を全部、頭に集中させた。それは淡い青色の光点で、蛍の光のように全身に広がっているのだが、この時はすべて頭頂部へと上っていった。しばらくすると、それらは一か所に集まって淡い青色の光芒となり、頭の上からゆらゆらと立ち昇り始め、少しずつ僕から離脱し、鬼火のように室内を漂った。これが僕の対策だった。想像力が自分自身を離れるところを想像して、本当にそれを離脱させたのだ。その青い光は窓の外へ漂っていった。僕は机の前に座り、いわく言いがたい身軽さと虚脱感を感じながら、それが次第に遠ざかってゆくのを眺めた。最後にそれは彗星のように、空高く昇っていった。

翌日、目が覚めると、本を手に取ってしばらく読み、本当に集中できるようになっていることに驚いた。教室での授業も難なく頭に入り、まるまる一時限の間、気が散ることもなく、先生が話したことはすべて耳に届き、完全に授業についていくことができたし、単語一つに引っかかって次々と空想を膨らませることはもはやなかった。授業の時は周囲のあらゆるものを気にとめずにいられれ、適度に麻痺したそんな状態は実に快適だった。まるで熱帯雨林からあっという間に舗装道路に飛び出したようだった。そこにはもはや生い茂る木の枝や柔らかい泥沼、色とりどりのオウムや舌をちろちろと見せる蛇はなく、目の前にあるのは確かな地面とせわしない人波だけだ。僕はこうして急ぎ足で道を行き、追いついた。

高三の一年間の進歩は目覚ましく、先生たちは分別がついたと揃って僕をほめ、同級生たちは僕の頭の病気が治ったんだと陰口をたたいた。それからのことは話すほどではない。僕はまあまあの大学に合格し、広告代理店に就職し、結婚した。頭の中にはもうツタは伸びてこず、普通の頭になった。想像力も平凡で、他人と大差なくなった。観光で筏《いかだ》に乗った時、ガイドが「あの山は虎の頭の形をしている」と説明すれば、僕は「うん、少し似ているね」と答えた。ガイドが「あれは美人峰だ」と言えば「そうは見えないな」と言い、「横にして見てください」と言われれば首をかしげて見て「少しはそう見えるかも」と答えた。ただそれだけのことだ。仕事では、取引先や上司から、おまえの企画には想像力が足りないとまで言われ、その時は心底から潜水艦を操縦して彼らにぶつけてやりたかった。

かつての夢の世界をもう一度見てみようとしたこともあった。しかしそれは無駄な試みで、せいぜいディープブルーの海の真ん中に潜水艦が浮かんでいるところを想像できただけだった。これっぽっちしか残っていない想像力ではその中に入り込むことなど到底不可能で、ただ遠くから眺めるほかはない。一度だけ、その夜は少し酒を飲んで、ことのほか気持ちよく眠った。夢の中で再び操縦席に座り、ピカチュウが僕をつついて「ピカピカ？（どうしたの、何ぼんやりしてるの）」と聞いた。フシギダネは「ダネダネ！（海溝に出発しようよ！）」と言った。時刻を見ると、僕たちはまだ一九九九年の海底にいるのだった。僕が立ち去った後、潜水艦の中のあらゆるものは一時停止ボタンが押されたようになっていたのだ。それらは何年も前にとっくにそこに捨てられたことを知らずにいた。僕はそこで、深い深い失望とともに目が覚めた。あの時の対策には致命的なミスがあったことに気がついた。あの頃は想像力の苦しみから抜け出そうと焦るあまり、どうやってそれを取り戻すかを考えていなかったのだ。今ならもっと良い方法がある。金庫を想像して、想像力をいくつかの金塊のように思い描き、金庫の中に閉じ込めるのだ。暗証番号はその時点では知り得ず、数年後に初めてわかる数字にする。たとえば自分が結婚した日付や、二〇二二年の僕の電話番号だ。そうすれば僕はかつての夢を時々味わい、ひとときの探検に訪れることができるし、そこに溺れたくなければまた想像力を閉じ込めて、新しい暗証番号を設定すればいい。けれどあの頃はなんといっても子どもだったから、考えが足りなかった。今となってはもう遅い。僕の想像力はとっくに銀河系を飛び出していて、二度と戻ってこないだろう。

建国記念日の連休の最終日、実家を発つ前夜、机の前に座り、その表面を軽く叩いた。何も起こらない。僕はスタンドを握り締めて窓の外の夜色を眺め、自分自身に言った。キャプテン・チェン、出発だ。

文中にあるように、これは陳透納氏が三十歳の時に書いた文章で、当時、彼はまだ広告代理店で働いていた。彼がのちに絵画に魅せられ、辞職して画家となり名を成した経緯については周知の事実で、多くを語るまでもない。彼は晩年、回顧録『余燼《よじん》』でこう書いている。

「……五十歳以降は絵を描くのも詩を書くのもやめたため、多くの人は私の才能が尽きたのだと言った。実はそうではない。私の才能は十六歳の年に私から離れ、はるか遠くへ飛んで行ってしまったのだ。中年になってから絵を描き始めたが、それは記憶の中の映像を描いたにすぎない。わずかばかりの詩を書いたのも同様だ。単にあるがままに模写しただけで、世間の人々が言うような何々主義というものではない。かつての夢の世界を描き尽くす日が来たため、描くのをやめた。それはとても自然なことだ。一度は才能を持ったことがあったが、その才能はあまりにも旺盛で、現実におけるいかなることをも、それを使って成しとげることができなかった。いったんそれを持ってしまえば、現実は取るに足りないものとなる。ああした幻想ほど大きな快楽はない。私の炎は十六歳のあの年に消えてしまい、余生になしたいわゆる事業というものは、単に炎が消えた後に立ち昇る数本の青い煙にすぎなかったのだ」

　陳透納氏は遺書の末尾にいくつかの引継ぎを書き残した後、こう綴った。「私は一枚の絵を繰り返し描いてきた。ディープブルーの背景の中央に、さらにひとひらの深い青がある絵だ。それは葉だと言う者も、目だと言う者も、海の中のクジラだと言う者もいた。人々はそこに隠喩を読み取った。実はそこには何の含みもない。それは一隻の潜水艦だ。私の潜水艦だ。それは永遠の夜を航行している。それは永遠に、永劫に私のディープブルーの夢の中に静止しているだろう」

二一六六年のある夏の夕方、一人の子どもが砂浜で戯《たわむ》れていた。波が一枚のひどく錆《さ》びた小さな金属の塊を打ち上げた。子どもは拾い上げてちょっと眺めると、腕を振り上げて、それをまた海に投げ返した。

二〇一七年十月二十八日

＊1　**ボルヘス**　アルゼンチン出身の作家、ホルヘ・ルイス・ボルヘス（一八九九〜一九八六）。

＊2　**「ある硬貨に」と題する詩**　邦訳は『エル・オトロ、エル・ミスモ』斎藤幸男訳、水声社、二〇〇四年所収。

＊3　**タンタンとタンタンの犬**　ベルギーの漫画家、エルジェ（一九〇七〜一九八三）の漫画『タンタンの冒険』の主人公で、少年記者のタンタンとその犬スノーウィのこと。

＊4　**秋山晩翠図**　五代後梁の画家、関同（生没年不詳）の山水画。中国北方の秋の山水の風景を描いた。

＊5　**渓山行旅図**　北宋初期の画家、范寛（九五〇頃〜一〇三一頃）の山水画。巨大な山を背景とした巨石と、山麓をゆく行商の隊列を描いた。

＊6　**茂林遠岫図**　五代〜北宋初期の画家、李成（九一九〜九六七頃）の山水画。夏の山水の風景を描いた。

＊7　**フシギダネとピカチュウ**　いずれもゲームソフト「ポケットモンスター」（ポケモン）に登場する架空の生物。「ポケモン」は一九九六年に発売、九七年にアニメ化された。

＊8　**閩江**　福建省最大の河川で、本流の全長は五七七キロメートル。同省中部を北西から南東に流れる。

竹峰寺

鍵と碑の物語

竹峰寺に来た最初の二日間はたっぷり眠った。そんなに眠いことはそれまでなかった。その頃は気が滅入っていて、よく「悩み事があるとうたた寝が多くなる」[*1]と言うが、確かに一理ある。山の夜はこの上なく静かだ。虫や鳥の声すら静けさの一部だ。最初の二日間はひたすら眠った。昼間も眠った。昼、寺には温かな陽光が漂い、庭の石机や石の腰掛けは眩しく光り、それ自体が柔らかな純白の光を放っているようだった。屋根瓦は日に当たって少しずつ温められた。それは春と夏の間だった。僕は寝台と机が一つずつあるだけの客間で横になり、自分は療養中の病人で、虚弱で物静かなのだと想像した。ずいぶん長いこと、そんなにぐっすり眠ったことはなかった。深い淵にゆっくりと沈んでゆくように、時々目を開けて水面にたゆたう光を見つめ、また目を閉じる。午後四時過ぎまで眠り、さすがに申し訳なく、起き出して麺を少し腹に収めると境内をうろついた。その時、彼らは夕べの行《ぎょう》をしている最中だった。夕べの行の内容は寺ごとに異なり、竹峰寺の行は長くも短くもない。三人が本殿でワンワンと経を読み、音節が寄せ集まり、寄せ集まった音節でこぢんまりとした厳かな雰囲気を作り出して、戸の外で聴くとその声はとても大きく、たった三人しかいないようには聴こえない。ふいに調子がゆるやかになり、慧灯《けいとう》和尚が先に立ってゆっくりと吟唱を始め、それがすばらしく美しい。「是《こ》れ日《ひ》已《すで》に過《よ》ぎれば、命も亦《ま》た随《したが》いて減《めっ》す。少水《しょうすい》の魚《うお》の如し。斯《こ》れ何《なん》の楽あらん……」*2 そこまで聞くと、僕は建物を出て辺りを散策に行った。

建物のそばには深い草むらの中に明清時代の石碑が数多く点在しており、蓮の花をかたどった根石《ねいし》や雲の紋様の水槽などがある。ほとんどが壊れている。石の獅子は対の片方がすでに倒れて横向きになっており、草むらの中に顔をうずめ、まるでぐっすりと眠っているようだ。もう片方はまだ立っていて、昂然《こうぜん》と球を踏みつけているが、石材はすでに黒ずみ、目は虚しく真正面を見ている。僕はあくびをして、それらの荒れ果てた石や草の間をだらだらと通り抜け、石の獅子もまるで僕にうつされたかのように大きく一つあくびをした後、何事もなかったように正面を見つめ続けた。僕は振り向いて言った。「見たよ」そいつは聴こえないふりをして、そのまま前を見ている。前方はススキの草むらがあるだけで、風が吹くと淡い紫色の若い穂が揺れる。そこで僕は立ち去った。

時には慧灯和尚の禅室に行き、仏典を何冊か借りて読むこともあった。そのうちのいくつかは中華民国期〔一九一二〜四九年〕から伝わったものだ。頼みこんでようやく貸してもらったのだ。縦書きの繁体字〔中国語で系統的に簡略化されていない、画数の多い字体〕で、読むのにことのほか骨が折れる。いくらも経たないうちにまた眠くなった。たまにページの間から乾いた芍薬《しゃくやく》の花びらが滑り落ちた。誰が挟んだのか、どの春のものかもわからない。ほとんど透明に近いくらい乾燥していたが、まだしなやかな姿は保っていた。しかも、一枚だけではない。極めて美しいそうした花びらが、こんなふうに時折、世の中のあらゆる美はすべて虚妄なのだと延々と説き続ける書物の中から、軽やかに舞い落ちた。読み飽きると散歩に行った。黄昏時はいつも寺を出て、山腹へ行ってあの甕《かめ》を眺めるのが好きだった。

その甕は一昨年の秋に慧航《けいこう》さんが見つけたものだ。本培《ほんばい》が言うには、その頃は暇だったのでいつも山をぶらついており、竹の棒であっちをつついたりこっちを探ったりして、石碑を見つけようとしていた。最初に石板を一枚発見し、南の渓谷に落ちていたのを、かなり骨を折って降りていって見てみると、何の文字も刻まれていない。ひっくり返して見ても何もない。石板は明らかに自然のものではなかった。ちゃんとした石板がなぜ谷に落ちるのだろう。誰にもわからなかった。慧航さんは諦めなかった。その秋にまた一枚の木の板を見つけた。大きな岩の下敷きになり、山腹の深い草むらに埋もれていた。慧航さんは思った。そうだ！これはしるしで、ものはきっと下に隠れているのだ。岩をどけて板をめくってみると、甕があった。甕の中は空っぽで、乾いた泥が一層こびりついているだけだった。雨の日に泥水が浸みこんで残ったのだ。本培は雑巾を手に、甕の内と外をきれいにすすいだ。なんて大きな甕だろう！　人が中にしゃがめるほどだ。何に使われていたのだろう。慧航さんは言った。自分はかつて広州〔中国南部、広東省の省都〕に行ったことがあり、そこではガチョウの炙《あぶ》り焼きが好まれていて、こんなふうに地面に穴を掘り、甕を埋めて、調味料を塗ったガチョウを吊るして炙るのだ。かつて寺に広東出身の住職がいて、隠れてここに来てなまぐさを食っていたのかもしれない。戻って慧灯和尚に尋ねると、和尚はこう答えた。何も知らないのに適当なことを言うものではないぞ、出家者が炙り肉など食えるものか。それは聴甕《ちょうおう》だ。何おうですって？聴甕だ。聴力の聴だ。慧灯和尚は言った。かつて戦があった時、小さな陶器の壺を土に埋め、壺の口に牛の皮を張り、人が地面に伏してその上に耳を寄せて音を聴いたのだ。遠方で兵馬の動きがあれば、その音が聴こえる。最も効果が高いのは、大甕を地面に埋め、人が中に入って聴く方法で、十数里離れた場所の音も聴こえた。清末の頃、この寺は匪賊《ひぞく》に占領された。甕はおそらくそやつらが埋めたのだろう、官兵が討伐に来ようとすれば、あらかじめ知ることができるからな。こうしたことは以前、私の師匠が教えてくれた。甕は私が子どもの頃にはもうあそこにあり、もぐって遊んだこともあるが、これほど長い年月が過ぎてもまだあったとは思わなかった。そこで彼らは元通り甕に蓋をして、そこに置いておいた。今回、寺に来て、山を登ってくる時に本培から聞き、興味をひかれて、暇さえあればいつもそこをぶらついている。

黄昏時、僕はまた板を動かして甕の中に入り、蓋を閉める。中に隠れているとまるで自分の洞穴《ほらあな》に戻ったような、ある種の安心感がわいてくる。ある夜、なぜか気分が落ち込んで、甕の中に入って思う存分泣いた。誰に知られることもなく、これ以上ないほどすっきりとした。真っ暗闇の中では、空気の流動する音や、はるか遠くの氷のように冷たい地下水の音、渓流が草の葉をしきりにかすめる響きさえ聴くことができた。土壌深くには様々な奇妙な音があった。時には暗闇の中で、重厚な石の門がゆっくりと押し開けられるようなゴロゴロという音が聴こえ、しばらくするとまた静まりかえった。本培に尋ねると、それは山の峰が生長する音だという。峰は同じ速さで少しずつ高くなるのではなく、雨後の筍《たけのこ》のように、ぐいっぐいっと伸びるのだ。数カ月に一度かもしれないし、数年に一度かもしれない。どこで知ったのかと尋ねると、百度《バイドゥ》〔中国の大手検索エンジン〕だという。慧灯和尚に尋ねると、和尚も子どもの頃に聴いたことがあり、兄弟子から、土地神様のいびきだと言われたという。僕はいまだに、あれが何の音だったのかよくわからない。時には甕から出ると空がすっかり暗くなっていることもあり、全身が鋭敏な、ひんやりとした感覚に浸されて、あたかも深い淵から戻ってきたばかりのようだった。携帯電話の明かりを掲げて、僕はゆっくりと手探りで山を登っていった。

数日間眠ると気分がずいぶんよくなり、時には奮い立って、長いこと訪れる人のなかった経蔵へ上ってみたりした。経蔵は竹峰の最も高い場所にあり、二階の裏窓を開ければ、群山の間に青い玉《ぎょく》のようにきらきらと光るものが小さく見えて、それは遠くの湖面だった。もう少し東の方を見ると、二つの山の間に濃い灰色の細い線が少しばかりあって、それは回鸞嶺《かいらんれい》トンネルと鉄葫蘆《てつころ》山トンネルの間を通る道路だ。何年も前に僕はその線の上から竹峰を眺めたのだった。そのことがなければ、今ここには来ていなかっただろう。まるでさっきまでそこから眺めていたのに、気づけば山の中に身を置いているような感覚だ。人生とは実に奇妙だ。

福建には山が多い。閩中《びんちゅう》、閩西の二大山地が斜めに横切り、省全体が山並みとなって、四方八方へと支脈を伸ばしている。空から見ると、青緑色の袍《ほう》〔中国式の長くゆったりとした上着〕の袖に縦横に走る皺《しわ》のようだ。皺と皺の間にはやや大きめの平地があり、そこが村や県や市だ。僕のふるさとの屏南《へいなん》県は省東部の山奥にある。寧徳《ねいとく》市から屏南までは車で二時間で、道沿いはすべて山だ。僕はその道が大好きだ。そこの山はどれも高くない。霍童鎮《かくどうちん》一帯まではどの峰も高くそびえているが、そのほかの大部分は小山が連綿と続き、稜線はなだらかで草木がうっそうと生い茂り、どこまでも人に温厚な印象を与え、何度見てもすばらしい。僕はその山々が大好きで、道中はいつまでも飽きることなく眺めている。山間の道路はどれも山をめぐる坂道か、そうでなければトンネルだ。トンネルが何本も続くことが多く、長い暗闇を抜けて急に明るくなったと思うと、いくらも経たずにまた次の暗闇に入ってゆく。トンネルの中を走り、自分が山の体内に身を置いていることを思うと、少し興奮し、安心もする。回鸞嶺トンネルはとても長く、そこを出てから鉄葫蘆山トンネルまでは約二十秒あり、上方の空や周辺の山野を眺めることができる。大学一年の冬休み、寧徳から屏南へ戻る途中、この二十秒の間に初めて竹峰を見た。竹峰と道路は一本の川で隔てられ、峰の下半分は手前の山に隠れている。その時、竹峰の頂上、生い茂った林の中に、反り返った黒い軒の一部が見えた。そんな尾根の頂《いただき》に人家などあるのだろうかと、強く興味をひかれた。匪賊の襲撃を防ぐためか、あるいは税金逃れか。地元の民家の軒は、あれほどまでに美しい弧を描いていない。道教か、仏教の寺院だろうか。そうしてこの場所が心に残った。翌年の夏休みに帰省し、その道を通りかかり、峰の方に目をやったが、あの軒は見えなかった。長いこと住む人がなかったために倒壊でもしたのか。もしかすると前に見たのは幻だったのかもしれない。そうなるといっそう神秘さが増した。その年の冬にまた帰ってきた時、バスがまだトンネルの中にあるうちからもう心の準備をし、その場所に来るや否や目をやると、あの軒は峰の頂に再び完全に姿を現していた。少し考えてやっとわかった。夏は木が生い茂るため、軒は尾根の濃い緑に遮られるが、冬は木の葉が枯れて落ちるので、姿が見えるようになるのだ。ここ数年、僕にとってそれは小さな祭壇のように、尾根の雲や草木の間に据えられていた。僕の想像の中で、世界がいかに揺らごうとも、それは泰然として動じることなく、ああしてじっと存在していた。

大学を卒業したあの夏になってようやく意を決し、あそこに登ってみることにした。僕はまもなく遠くの都市で働くことになっていたから、どうしても登ってみなければならなかった。ある考えを長く置いておき、そこに様々な想像が加わったなら、たとえ夢が壊れるとわかってはいても、絶対に実現させなければならない。機会を見つけ、農村部の大型路線バスに乗って、回鸞嶺付近のバス停で降り、炎天下を長いこと歩き、夕暮れ時になってやっと例の峰のふもとにたどりつき、見上げれば、そこは切り立った断崖だった。峰の反対側に回り込むと、ちょうど細く長い夕霞が、西の空に向かってうねうねと連なっていた。なんと峰の裏には、道路から離れた場所に小さな村があったのだった。村の上空には煮炊きの煙がまだ消え残り、犬の吠え声が聴こえ、雲間の夕焼けは次第に暗さを増した。村内をぶらつくと、年寄りと子どもしか見かけない。子どもが数人、広場で駆け回り、甲高い声をあげている。老人は家に入れと子どもを叱りつけている。村から峰を眺めると、果てしない残照の中に建物の軒がいくつか見え隠れしており、どうやら寺院のようだった。峰の側には登る道がある。老人の一人に尋ねると、その山は竹峰といい、寺は竹峰寺というらしい。夏は日が暮れるのが遅いから、一か八か、最後の夕日の明かりを頼りに、一息に登った。山道はまあまあ歩きやすく、ほとんどが土の道で、険しい場所には石が置かれていた。中腹まで登ると、木々の間から小さな獣が飛び出し、月光の下で距離を置いて立ち止まり、僕を一目見るとまた慌てて林の中に身を躍らせた。姿からして、キョンのようだった。寺の門前に着くと、その木の門を叩いた。赤い漆はほとんど剥がれ落ち、まるで地図の上の島のように、いくつかまばらに残っているだけだ。ずいぶん経ってから、だるそうな声が聴こえた。「どちら様ですか」まだ答えないうちに、門は開いた。

本培に会ったのはそれが初めてだった。当時、慧航さんはまだ来ておらず、寺には慧灯和尚と本培の二人しかいなかった。本培はまだ得度しておらず、寺に住み込んで修行していた。少し風変わりな奴で、医学部を卒業した後、なぜかこの寺にやってきて住み込み、普段は慧灯和尚の手伝いで雑用をしている。両親は早くに離婚して、父親は商売に忙しく、息子をかまっていられないから、修行に出ることだけは認め、得度は許さないということで取り決めをした。おそらく数年も経たないうちに納得して戻ってくると思ったのだろう。だが思いがけず本培が寺に行って半年後、父親は大口の契約をいくつか成功させ、これは知らぬ間に仏祖の加護があったのかと思い、息子の帰宅を促す口調もそれほど断固としたものではなくなった。本培は世俗的な趣味があり、ゲームをするのだが、それは学生時代に始めたもので、やめられなかった。毎日、朝の修行の後と昼食の後、それに就寝前には必ずやった。本人は、いにしえから詩をたしなむ僧、書をたしなむ僧、碁をたしなむ僧はあった、ゲームをたしなむ僧も時代とともに登場したんだと言う。しかし仏道を学ぶ人間がゲームにはまるなんて、どっちみち話にならない。慧灯和尚は、ゲームはしても良いが、一種類だけにせよ、射撃や戦闘系は悪い心根を育てるからだめだとして、本培と約束をした。本培は同意し、オフライン版の「ウイニングイレブン」と「ワールド・オブ・ウォークラフト」[*3]（実はこれも戦闘系なのだが、慧灯和尚は知らない）をダウンロードして、来る日も来る日も飽きずに遊んでいる。本培はゲームもやるし、経典も読むし、畑仕事や料理もして、毎日とても楽しそうだ。数年会わないうちに彼は太っていた。饅頭《マントウ》〔小麦粉をこねて蒸した主食〕やお麩《ふ》を食べすぎたんだという。

　初めて来た時、寺の境内は荒れ果てて、大雄宝殿〔中国の寺院で本尊を安置する主要な建物。本堂〕は廃墟となり、草ぼうぼうで、僧房と斎堂〔僧が食事をする建物〕、経蔵だけはわりに整っている方だった。仏像すらなく、仏祖や観音の絵を掛けて、どうにか代わりにしていた。慧灯和尚は毎晩、僕といくらか言葉を交わすと、さっさと寝てしまった。和尚は痩せぎすで口数の少ない老人だ。本培と僕は門の外に腰を下ろして涼み、あれこれと世間話をして、夜が更けてからようやく眠った。銀河はひとすじの淡い雲のように天の頂から流れ、風が吹いても散ることはない。本培はたぶん同世代の人と長いこと口をきいていなかったのだろう、山中のあらゆることを喜んで教えてくれ、とても楽しそうだった。なぜかわからないが、僕という人間は人づきあいが苦手なのに、彼とはすぐに意気投合して、おしゃべりが尽きなかった。どちらも風変わりな性格で、変わった部分が似ているせいかもしれない。その時は二日滞在した。慧灯和尚に礼を言い、本培と連絡先を交換して、また来ると約束し、立ち去った。それから六年が過ぎた。

今、僕は再びやってきた。

今回の帰郷は憂鬱だった。一つには転職したばかりで、まだいくらか落ち着かない気分だったため、もう一つは実家の古い家が取り壊されたためだ。僕は退職と入社の時期をうまくずらして、二カ月間の自由を手に入れた。どこにも行く気にならず、実家に帰って休養したかった。しかし帰ってみると、前の家はもうなかった。取り壊すことはとっくに聞いていたが、いつまでも実行されず、気にかかっていた。それが突然、電光石火で壊してしまったのだ。帰省して荷物を置くと、前の家に急いだ。見れば、すっかりなくなっていた。青瓦の家、周囲の街路や樹木まで、僕が成長したあの場所、変わりうるとはまったく想像もしなかった物事、夢を見た舞台、目を閉じればまだありありと目に浮かぶ一切が、すっかりなくなってしまった。それだけではなく、町全体が激変していて、新しく就任した県長は、この山地の小さな県で手腕を発揮して古い山河をすっかり入れ替えようと、やる気満々だった。あちこち見て回ったが風景はどこも様変わりしており、世の中のことは夢のようなものだと身にしみて感じた。一切が自分のものではない。永遠なものは何もないのだ。実は都会で暮らしているうちに、僕はとっくにそういう、毎日どこかで何かが増えたり減ったり、塗り替えられたりして、定まったものがないことに慣れていた。何か気に入った風景があっても、ただその時限りの出会いだと思い、あまり多くの感情を注がないようにすれば、手放すのも簡単、なくなればそれまでのことだ。ただふるさとの変化に対しては、すぐには心の準備ができず、受け入れがたいものを感じた。しかしどうであろうと、あの山々の間に横たわった、プラタナスの木陰に覆われた小さな町は、もう存在しないのだ。

僕はいつも、あらゆる物事が定まった秩序に従って進むことを願い、突然の変化を好まない。これは一種の神経症だとわかっているが、どうしようもない。二年前、毎日通勤のバスで通りかかるロータリーの中心に一本の大きなガジュマルの木があり、僕はその木の清らかで奥ゆかしいたたずまいがとても好きだった。出勤する時はバスがこちら側を通るので、僕は木のこちら側を眺める。退勤時は向こう側を通るので、向こう側を眺める。それがなければきちんとした一日ではないような気がした。その木は本当に美しかった。だがある日、それは突然消えてしまった。何の理由もなく、ただ消えたのだ。僕はその消失が理解できず、仕方なく、それは巨大な緑色の鳥で、夜の間に翼をはためかせて飛び去ってしまったのだと想像するしかなかった。まるで一つのよりどころをなくしたように、僕は数日間、気落ちしていた。その後、ロータリーには深紅のブーゲンビリアが五芒星《ごぼうせい》の形に植えられた。また、ある博物館の片隅に、打ち捨てられた物寂しい小さな庭があり、僕は夜のジョギングの時、鉄柵越しにそこを眺めるのが大好きだった。心が乱れた時、伸び放題に伸びたそこの草木や、落ち葉や入り組んだ木の根を思い描くと、少しずつ気持ちが静まってくるのだった。のちにそこも消えてしまった。ビルが蜃気楼のようにそこでゆっくりと背を伸ばした。似たような経験は何度もあり、まるで実家の消滅のために予行演習をし、僕が少しでも受け入れやすいようにしてくれていたかのようだった。ガジュマル、廃園、実家の古い家、そうしたものは僕が人知れず心に決めた、毎日のひそかな支えのようなものだったが、今やそれらは一つ一つ失われてしまい、僕はどこにも寄る辺のない感覚を味わわざるを得なかった。

　実家のあった一帯は工事現場となり、ブリキの板で囲まれていた。敷地の片隅に、やはり蜃気楼のように二つの物件販売所が設置され、黒みがかった赤色の大きな文字を、夜空に突き刺すように光らせていた。左側は「盛世御景《せいせいぎょけい》」、正面は「加州陽光《カルフォルニア・サンシャイン》」。僕は自分がいったいいつの時代にいるのかわからず、しばし茫然とした。思うに、消え去ったあのものたちは、確かにかつて存在していたが、今ではおぼろげな記憶となってしまったのだ。細部のいくつかはもう砕けてバラバラになり始め、判別ができない。僕の今のこの感情や、今この時に見たり聞いたりしているすべてのものは、目の前に確実にあるけれど、いつかそれらもみなぼんやりとかすれてしまうだろう。あらゆる人間の現在は、定まりなく揺れ動く未来の記憶の中を歩んでいるにすぎないのだ。何が残り、何が流れ去る定めなのか、誰にも予測はできず、ただ受け入れるしかない。そんなふうに数日間ぼんやりとして、怒りと嘆きの間を行ったり来たりしていた時、ふいに竹峰寺のことを、本培や慧灯和尚のことを思い出した。連絡してみると、暇なら何日か泊まりに来なよ、と本培が言うので、僕は一も二もなく荷物をまとめ、両親に一言告げると、すぐにやってきた。

竹峰寺までのバスで、僕は窓の外の山々を眺めながら、前の家の鍵をなでていた。鍵には「永安」という文字が刻まれており、それはとっくに消滅したブランドだった。それをどう処分すればよいのかわからなかった。前の家はもう存在しないから、それは僕と前の家の間の最後のつながりで、凧の糸のようなものだ。僕は、この鍵はUSBメモリで、家はまだ完全な状態で残っており、ただごく小さな形に縮小されて、このメモリの中に保存されているだけなのだと想像した。一緒に保存されているのは、前の家にまつわる様々な記憶だ。こんなふうに空想しながら手の中の小さく冷たい氷のようなかたまりを触っていると、気分が次第に和らいでくるのを感じた。鍵はどうやって処分すべきだろう。手元に置いておくことはできない。手元に置いて長い時間が経てば、それは日常のものになってしまい、日常の空気がそれのもつ魔力を、それが僕に対する慰めの力を失うまでに打ち消してしまうだろう。かといって捨てるのは残酷すぎる。考えた末に、それを隠してしまうことにした。誰も知らない、長い長い歳月の間も揺らぐことのない場所に。僕が取りに行かない限り、世界が終わる日までずっとその場所に隠しておけるような。しかし湖に投げ入れたり崖の下に投げ落としたりするのはだめで、欲しくなったらすぐに手に取れる場所でなければならない。いつ取りに行くかはわからないけれど、可能性は残しておく必要がある。その小さな可能性が、僕とそれを永遠に結びつけるのだ。

ものを隠すのは、僕がよくやる自己療法だ。僕は子どもの頃から過敏で、強迫性障害があり、自分の神経を麻痺させようともしたが、できなかった。その点では、本培がとても羨ましい。まるで頭の中にスイッチが一つあるみたいに、最も繊細な感覚について話せば完全にわかってくれるし、話も、明晰な洞察もできる。退屈なことや忌々しい物事の前では、パチッと音を立ててスイッチを切り、麻痺したかのように、それに蝕《むしば》まれることがまったくない。どうやっているんだ、どの経典から学べるんだ、と尋ねたことがある。彼は、ゲームをすればいい、と答えた。思うに、世の中には誰にとっても役立つ経文など存在せず、精神を整えるには誰しも自分なりの方法があるのだ。大学の時、僕にはある大切なものがあった。それはイルカをかたどった鉄製のペーパーウェイトで、四年間、寮で習字の練習をする時には欠かせなかった。卒業する前、僕はそれを図書館のお気に入りの静かな一角に隠した。これ以上ないほど人目につかない場所で、誰にも見つからないはずだ。それは今でもきっとまだそこにあるだろう。そのことを考えると心が落ち着いて、あたかも自分がその小さな片隅に身を置き、誰にも見られずに、歳月を本のページの匂いの中に浸しているかのように感じる。閉館して明かりが消えると、床まで届く窓の前は一面の月明かりだ。時折、月光がその一角まで伸びてきて、しばしとどまり、また移動して、すべては暗くなる。こんなふうに考えると、まるであの鉄のイルカは僕の分身で、とどまることのできない場所に代わりに隠れてくれているかのようだった。僕はあれを通して、そこで起こる一切に、千里のかなたから思いを馳せることができる。このような性癖はひどく奇妙で、その感覚も極めてかすかなものだから、普通の人にはあまり理解されないかもしれないが、僕にとっては確かに効果があるのだ。そんなふうに考えながら、バスが停留所に着いた時、僕はもう鍵を竹峰寺に隠すことを決めていた。

本培はスクーターに乗って、村の外のバスターミナルで待っていた。後部座席に乗ると、風切り音の中で寺の近況を教えてくれた。数年前、慧灯和尚の弟子である慧航さんがやってきた。慧灯和尚は高齢で、事務の仕事を好まず、宗教局の会議に出るのが何より嫌いなので、慧航さんに住職をさせることにしたのだ。慧航さんはまだ五十歳ほどだが、とても有能で、寺は大いに栄え、大雄宝殿も修復された。本培は、緋縅蝶《ヒオドシチョウ》の碑の話を聞いたことがあるかと僕に尋ねた。本で少し読んだことがあるけど、よく知らない、と答えた。本培は、調べてみるといいよ、すごく面白いんだ、ネタにして何か書くといい、と言った。おそらく僕がネットに書いた文章を読んで、ものを書いていると知ったのだろう。話しているうちに僕たちは村に入り、顔をあげると竹峰が見えた。本培はスクーターを村人に返し、僕としゃべりながら山を登っていった。

この山に竹という名がついているのは、竹が多いからではなく、峰の形が斜めに切った竹の切り株のように見えるからだという。この喩《たと》えは誰が思いついたのか知らないが、実に真に迫っている。春と夏には、峰は一面の濃い緑の中に隠れてよく見えなくなり、秋と冬に草木がまばらになると、蒼然たる岩壁がむき出しになり、それではじめて、削がれてできたような孤絶した峰が、確かに巨大な竹の切り株のように天を衝《つ》いているのが見える。峰の頂は傾斜した平面で、竹峰寺はちょうどその斜面に建てられている。一番低い箇所は山門で、山門を入ると通例どおり、大雄宝殿、観音堂、法堂があり、次第に高くなってゆき、最も高い場所には北側の経蔵がある。寺は大きいというほどではないが、高低差は十メートル近くある。僕が道路から見かけたのは、経蔵の軒の一部だったのだ。

竹峰寺の伽藍《がらん》の配置は普通の漢伝仏教の寺院と同じだ。昔は山門を入った左右に折り目正しく鐘楼や鼓楼があったようだが、今はもう残っていない。鐘楼の跡地には三本のスギの木で骨組みが建てられ、銅の鐘が横木に掛けられており、本培が朝晩、形ばかり数回撞《つ》く。位置が良いので、鐘の音は山々にこだまし、はるかかなたへと伝わってゆき、梢のシラサギは驚いて雪片が吹き上がるように飛び立っては、何度か旋回してまた舞い戻る。鐘の正面は倒れたあずまやで、中にあった石碑の台座はまだ残っているが、あずまやの柱はとっくに朽ち果てている。さらに進むと中央には大雄宝殿があり、数年前に修復されたので紅漆はまだ新しく、入口の上の彫刻は極めて美しく精巧で、それは慧灯和尚がみずから彫ったものだ。大雄宝殿に祀《まつ》られているのは釈迦牟尼仏で、その前には小さな石仏が据えられ、造形は拙いが素朴で、温厚な笑みを浮かべており、かつての宝殿の廃墟から掘り出されたものだという。大雄宝殿の裏手は観音堂だ。その裏は庭園で、ありふれた花や木が植えられており、左側にはいくつかの僧堂〔僧たちが集団生活や修行を行う建物〕と倉庫がある。右側は庫裏《くり》〔寺院の厨房〕兼斎堂だ。庫裏の裏手には山の湧き水が集まってできたせせらぎがあり、峰の頂に発し、弧を描くように寺の右手を流れて中腹に至り、小さな池を作ってから再び崖の下へ注ぎ、細長い滝となっている。庫裏の裏口を出ると、せせらぎの上に小さな橋がある。橋にはうっすらと土が積もり、中央は人が通るために白みを帯び、両端には野の草花が揺れている。春は朝に開いて暮れ方にしぼむ、「イヌノフグリ」と呼ばれる藍色で芯の白い小さな野の花が咲き、よくモンシロチョウが飛びかっている。橋の下のせせらぎは、草がびっしりと生い茂っているため、水が浅い時は草の間の途切れ途切れの光からしか、それが渓流だとわからない。橋を渡ると菜園があり、小さく巧みに区画され、季節ごとに様々な野菜が植えられている。野菜は収穫後、半分は参拝者に贈り、半分は残しておいて自分たちで食べる。

庭園をさらに進むと法堂で、すでに半分崩れて瓦礫の山となり、残り半分の青レンガ敷の床は何センチもの厚さの苔に覆われている。そこは当面の間、修復することはかなわず、その上、寺は人手が足りないため、それほどの広さの場所は管理しきれず、荒れるに任せておくしかない。法堂と経蔵の間にも荒れた庭園があり、石畳の間を縫って水が跳ねるように野草が飛び出し、四方へ滴《したた》っている。庭園には松や柏、菩提樹があり、どれもたいへん背が高く、緑陰は地を圧し、その葉の濃い緑はほとんど黒に近いほどだ。日暮れ時に眺めると枝葉は炭のように黒く、天高く重なり合い、その隙間から鳥の鳴き声が上がり下がりするが姿は見えず、賑やかでありながら荒涼としている。高所のため、曇りや雨の日にはよく幾筋かの雲が流れ過ぎてゆき、雲突く巨木はうっそうとしている。経蔵は境内で最も高い場所にあり、まだしっかりとしてはいるものの、そこも長年放置されており、足を踏み入れると、暗闇の中で何かの小動物がわっとばかりに散り散りになる。階段は上れば絶えずきしみ、今にも崩れ落ちそうだ。この建物の中では時々、山魈《さんしょう》〔中国の神話に登場する一本足の妖怪〕が騒ぐと聞いたが、僕は見たことがない。魈というのは福建省の山地に伝わる伝説の生き物で、体の大きさは小型犬くらい、サルに似ているという人もいる。動作がまたとないほど素早く、いたずら好きで、よく人家に入り込んではランプをひっくり返したり、悪意のない冗談を言ったりする。かつて、農村にはよくこの魈に関する伝説があったが、今ではほとんど絶えてしまった。夜に散歩をしていると、時々経蔵の方角から、子どもが裸足で床板の上を走っているような奇妙な物音が伝わってくる。耳を澄ませて聴こうとすると、また静かになる。蔵の黒い影は突如としていかめしくなり、月明かりは軒へと移り、淡い黄色の灯籠《とうろう》のようだ。

数日滞在すると、寺のことが少しずつわかってきた。慧灯和尚に教えを乞いながら、スマホで資料を調べもした。

竹峰寺は北宋時代〔九六〇～一一二七年〕に建立され、寺に伝わる「元豊《げんほう》〔北宋の神宗の治世中の元号。一〇七八～一〇八五年〕」の文字が刻まれた石臼や石の甕がそれを証明している。のちに幾度もの動乱を経て、荒廃と隆盛を繰り返し、乾隆《けんりゅう》年間〔清の高宗の治世。一七三六～一七九五年〕には最盛期を迎えた。当時は紫元《しげん》禅師が住職を務めていた。地元の伝説から、竹峰寺の当時の隆盛ぶり（いささか豪奢なまでの）を推し量ることができる。紫元禅師の七十歳の祝いで、弟子は高名な料理人を招いて祝宴を取り仕切らせ、三十八卓の精進料理をふるまおうと、あまねく全県から名士を招待した。一卓を一歳とし、百八歳まで長生きできるようにという意味だ。祝宴は一年前から準備が始まった。参拝の香《こう》は途切れることなく、銀貨は山と積もった。料理人は品書きを整え、仕切り役の一番弟子に見せ、そのうちの二菜一汁には芍薬の花びらを使うように、一菜には乾燥させたものを、一菜一汁には新鮮なものを使うようにと言った。芍薬の花は当地では珍しく、あったとしても品質が劣る。一番弟子は、ほかのものに変えることはできないのですか、と尋ねた。料理人はいくぶん悩んだ。かつて宴席を設ける際は、料理やその順番にいずれも型があり、料理にはすべてそれにふさわしい縁起の良い名がつけられ、幾皿か変更してしまったら、もう成立しなかった。一番弟子は和尚に指示を仰いだ。紫元方丈は円座の上で目を細め、よこした品書きも手に取らず、禅定《ぜんじょう》に入っているようにも、うたた寝をしているようにも見え、白い髭《ひげ》がかすかに震えていた。長いこと経ってから、線香が薫《くゆ》る中、老方丈は目を見開いてゆっくりと言った。「ない、とな。ないのなら植えればよいではないか」そこで栽培が始まった。千里を越えて揚州の芍薬職人をはるばるこの山地の小県の寺へ呼び寄せたなんて、今考えても絶句する。老方丈の一言、一人の老人のしわがれた低い声がゆらりゆらりと漂って、落ちた所があでやかに輝く花になったとは、まったくもって奇跡に近い。芍薬は寺を囲むように植えられ、あや絹が辺りを覆い尽くしたようで、鮮やかなこと比すべくもなかった。花の香りと香《こう》の香りは融け合って山いっぱいに漂った。祝宴が終わると、竹峰寺の芍薬は人々に知られるようになり、県内十景に数えられ、地元の官吏や名士の多くが詩に詠《よ》んだ。これらの詩は今でもいくつかは調べがつき、その多くは何の価値もないが、ほぼすべてがヒオドシチョウの碑に触れているのが面白い。それまで、竹峰寺はこの碑で知られていたからだ。今となっては、それを知る人はもう少なくなってしまった。

この碑には伝説がある。あらすじは『覆船《ふくせん》山房随筆』に記載があるが、細部は慧灯和尚が語ってくれた。和尚は中国建国前〔一九四八年以前〕に自分の師匠から聞いたそうだ。

明《みん》の景泰《けいたい》年間〔明の代宗の治世。一四五〇〜一四五七年〕、姓を陳、名を永、字《あざな》を元常という一人の書生が竹峰寺に寄宿していた。陳元常は「家貧しく、代々仏教を尊び、書をよくし、若くして才能をもって知られ」ていたが、功名ならず、写経生《しゃきょうしょう》となった。数カ月前、方丈は彼に『法華経』の書写を託し、報酬は銀貨で与え、さらに食事と住まいもまかなうことを約束した。一つには彼の字を好んだためであり、もう一つは彼の才を惜しみ、貧しさを哀れんだためだった。陳元常は寺に来てから数カ月経っても書き急ぐことはなく、筆や墨には手を触れず、ただ毎日境内をぶらついた。昼食後は庭園をそぞろ歩き、夕暮れ時は崖の端《は》に腰掛けた。空の雲を眺め、松ぼっくりを拾い、眺めてみてはまた捨てた。そうした日々が長くなると、僧たちの間で、彼を無駄飯食いだと取り沙汰する声が上がったのも無理のないことだった。陳元常は慌てなかった。どう書くべきかを考えていたのだ。彼は幼い頃に父を亡くし、母は敬虔な仏教徒で、まだ子どものうちから彼に経典で文字を教えた。彼は「子曰く、詩に云う」〔儒教の経典『論語』の章句の冒頭に登場する言葉〕よりも早く「如是我聞《にょぜがもん》」〔仏教の経典の冒頭に登場する言葉〕を読んだ。『法華経』は幼い頃からそらんじることができ、思い入れも深く、いくつかの文句では亡き母を思い出した。彼はこの経をきちんと書き上げたかった。どんなふうに書くべきか、長いこと考え、やはり筆を執らずにいた。

陳元常が書を学ぶ上で最も心服したのは王右軍《ゆうぐん》〔東晋の書家、王羲之《おうぎし》（三〇三〜三六一）。「書聖」と称される〕で、やや長じてからは右軍には到底追いつけないと感じ、虞永興《ぐえいこう》〔初唐の書家、虞世南《せいなん》（五五八〜六三八）〕や李北海《りほっかい》〔唐代の書家、李邕《よう》（六七八〜七四七）〕に私淑することにした。二人の書はどちらも王羲之の系統で、永興は王羲之に忠実、その柔和さを引き継ぎ、北海は王羲之を発展させ、これに雄壮さを加えた。陳元常は両者に学び、その書は見分けがつかないほどだった。だが彼は、二人の風格に従って『法華経』を書くことにはやや違和感を感じた。「この経を書くのに、永興の法ならば柔の中に損ない、北海の法ならば豪の中に損なう」と考え、両者を融合させ、「永興の筆遣いで北海体を書こうとしたが、二つながらにこれを損ない」、成功しなかった。

その晩春の午後、煙るような花の香りに包まれ、陳元常はまた境内を散策していた。いつも通り偏殿〔本殿の両脇にある建物〕の壁画を見てしまうと、枝にとまるウグイスのさえずりをしばらく聴き、あくびをする小坊主の頭をなで、石段のへりに腰を下ろした。庭園のうららかな春の日に向かいながら、長いこと見、考えた。翅《はね》に青緑色の斑点のある蝶が目の前を飛んでいった。その午後、彼は何を考えていたのだろうか。数百年前の若者の心情を知る者は誰もいない。推測するに、彼はある均衡点を探しており、荘厳さと美しさの間の最も適切な場所を見つけ、霊感が筆に降りてくるのを待っていたのだと思う。蝶が飛んでいった。陳元常は魂が抜けたようなぼんやりとした顔つきで、その蝶を追っていった。その日は晴れて暖かく、ウグイスが切々と鳴いていた。蝶は大雄宝殿に入ってゆき、彼も足を踏み入れた。午後、建物の中には誰もおらず、線香の煙がゆらゆらと立ち昇り、仏像も眠たげに半ば目を閉じていた。陳元常はその蝶が香やろうそく、幔幕《まんまく》の間を上へ下へと飛び、何周か飛びめぐってから、なんと仏像の髻《たぶさ》の上にひらひらと止まるのを見た。彼は仰天してその場に突っ立ち、『覆船山房随筆』によれば、「彩蝶の仏頭に落つるを見てすなわち大悟《たいご》し、急ぎ筆硯《ひっけん》を索《もと》め門を閉ざして経を書き、三日にして成る。成りてすなわち大病す。諸僧その書くところを視《み》れば、筆墨神妙、空霊蘊藉《くうれいうんしゃ》〔変化に富み奥深いの意〕にして、仏理と相合するに似たり。なかんずく『薬草喩《やくそうゆ》』一《いっ》品《ぽん》は、神光湧動《ゆうどう》し、超邁出塵《ちょうまいしゅつじん》たり〔とびぬけて優れているの意〕」。蝶が大仏の頭上に軽やかに止まるというのは、どんな光景なのだろう。想像がつかない。宗教の荘厳さと生命の華麗さが刹那のうちにぴたりと合い、互いに照り映えて、いかにも感動的だ。陳元常はその瞬間に撃ち抜かれ、均衡点を発見し、心に悟りを得て手がそれに応じ、こうして紙の上に奇跡が舞い降りたのだ。この経は寺にずっと保管され、その中の『薬草喩品《ゆほん》』*4はのちに石碑に彫られてあずまやの中に建てられ、人々の鑑賞に供された。本来なら「法華碑」と呼ぶべきなのだが、この典故のためにヒオドシチョウの碑と呼ばれることが多い。毎年、参拝に訪れる文人墨客は数多く、この碑を見て驚き賛嘆しない者はなかった。明末の福建省晋江の書道家、張瑞図《ちょうずいと》〔一五七〇～一六四四頃〕がこの碑の拓本を購入し、「春の山にあって望むように、その勢いは雄壮で、その精神は美しい。古池に蓮が生ずるように、質朴のうちに、時にたぐいまれな姿を現す。端々までも麗しさがみなぎり、力強さを失わず、永興の壮大さと北海の神髄を真に会得している。作者の名が世に顕《あらわ》れないのは実に惜しむべきだ」と評価した。弘一《こういつ》法師〔中華民国の詩人、禅僧、音楽家、李叔同（一八八〇～一九四二）〕が晩年、泉州で友人が所蔵していた拓本を見て、「この文字には仏性《ぶっしょう》があり、母性があり、また詩の精神がある」と言ったというが、事実かどうかは知らない。今では拓本すらも残っていない。陳元常本人はというと、『枯筆廃硯斎《こひつはいけんさい》筆記』の記載によれば、数年後に再び科挙の試験に赴き、山道で匪賊に遭い、不慮の死を遂げたそうだ。別の説では、この寺で出家したともいう。

『覆船山房随筆』は竹峰寺の芍薬と碑を詠んだ清代の詩をいくつか採録していて、その多くが碑と花を対応させており、素朴なものではたとえば「誰か見る蝶の金粟《こんぞく》の頂《いただき》に飛ぶを、唯《た》だ余花の碧苔《へきたい》の碑に落つ」、軽薄なものでは「偈《げ》を誦《しょう》すこと三千種、花を観《み》ること一にして併せて休む。春風に戒律なく、蝶の古き仏頭をめぐる」うんぬん、というのがいくらでもある。

清末になると寺は匪賊に占拠されて根城となった。民国期には再建されたが、すでに衰退し、僧侶は五、六人しかいなかった。当時は「廃廟興学《はいびょうこうがく》」[*5]が行われ、寺領、つまり竹峰寺の所有する数十ムー〔一ムーは約六・六六七アール〕の畑や果樹園が没収されて公共物となった。芍薬はわずか数株しか残されず、赤々と、まばらな残り火のように、毎年春の終わりに塀の隅で寂しくいくつかの夜を燃えほころび、また寂しく消えていった。「破四旧」[*6]の頃、前もって知らせた信徒があったため、僧たちは備えをして、あれらの小さな将軍たち〔紅衛兵を指す〕が山を登ってくる前に、寺にあった貴重な法具や経典、玉《ぎょく》の観音像、黒檀の羅漢像などを集め、大雄宝殿の仏像の胎内や法座の中に隠した。旧時の塑像の多くは裏側に穴が開いており、法座の裏にも仕掛けがあって、仏像を開眼する際、高僧が経典や五穀、宝物、香料さらには舎利《しゃり》までもその中に収めるのだが、その一つ一つに意味があり、「装蔵《そうぞう》」と呼ばれる。この時は臨時の隠し場所となった。この県のもう一つの名刹《めいさつ》である永興寺の石碑がことごとく破壊されたと聞き、ヒオドシチョウの碑はその名があまりに知れ渡っていることから、免れることはできないと考え、僧たちはこれを回廊の壁から取り外し――民国初年にあずまやが朽ちてしまい、すぐに修復する力がなかったため、やむなく石碑を大雄宝殿の回廊の壁にはめ込み、風雨から守っていたのだ――、山中のどこかへと担いでいって隠し、それから僧たちは散り散りに逃げた。結局、仏像は破壊され、胎内の物はすべて取り出されて壊された。あの碑もそのまま行方不明になった。

山を下りて逃げた僧たちの一人が慧灯和尚だった。和尚は北乾《ほくかん》村〔福建省東北部、寧徳市屏南県にある村〕の出身で、幼い頃に竹峰寺で出家し、逃げた当時はまだ三十歳ほどだった。下山した後は村に戻り、迫られて還俗し、叔父のもとで工芸を学び、木工職人となった。当時、この職に専業の者はなく、普段は畑仕事をし、秋の収穫を終えて婚礼の支度を始める家があると、職人として呼ばれるのだった。雇い主の家に住み込み、数カ月かけて嫁入り道具を調《ととの》えた。食卓、腰掛け、衣装箪笥、化粧台、寝台などだ。農村では様式を求められることはさほどなく、頑丈であることが肝心だった。飾り彫りはあるのが最上だが、なくてもよかった。彫刻もご多分に漏れず、リスとブドウ、コウモリと吉祥雲、雲と龍の紋様、松鶴図だ。詩を数句、たとえば衣装棚に通例通り「雲錦天孫織《織女が雲の錦を織り》、霓裳月姊裁《月の仙女が羽衣を裁つ》」と彫ることもあった。文字は浮彫で、引き出しの取っ手にもなった。慧灯和尚は弟子入りして二年も経たずに習得した上、自分なりの工夫ができるようになった。彼はとても器用で、それは今でもわかる。六月、ススキが穂を出す頃、僕は和尚がしごく滑らかな手つきで箒《ほうき》を作るのを見たことがあり、その箒は美しいという言葉で形容できるほどで、その上、とても使いやすく、丈夫だった。寺で今使っている家財道具はほとんどが和尚の手になるものだ。今や和尚は七十二歳になり、大きな家具はもう作らないが、時々、興が乗ると手任せに小物を作ることがある。普段、茶を淹れるのに使う茶海《ちゃかい》[*7]は木の根を使って作ったもので、形はいびつで野趣に富み、少し鑿《のみ》を入れて力強さと厳粛さを出していた。木の根には丸い節《ふし》が一つあり、本来ならば扱いづらいものを、和尚はそれを水面に浮上したクジラの背中のように削り出し、持ち上がった尾びれを別の部分に彫刻して、茶海の表面全体を本物の海のように見せた。小さな茶碗をその上に置けば、まるで海原に浮かぶ舟のようで、たいそう面白味があった。

七〇年代に彼は木製器具の製作所に入った。その後、製作所は県立の家具工場に再編され、彼は技術部の部長まで勤め上げた。その間にはもちろん結婚して子どももうけた。九〇年代に定年退職し、孫が生まれ、家族への責任はすでに果たしたと思い、自分の望みを考え、妻子と相談して再び出家をした。妻子は彼が長年その願いを持ち続けていたことを知っており、引き留めはしなかったが、端午の節句と中秋節〔旧暦八月十五日〕、旧正月には家に戻って過ごして欲しいと言った。慧灯和尚は言うまでもなく同意した。息子が車を出して、福州の西禅寺へ受戒に行く彼を送ってくれた。慧灯というのは二度目に出家した時の法名だ。受戒から戻ると、竹峰寺に行った。その頃、竹峰寺は破壊されて長い年月が経っており、慧灯和尚は少し修繕して住み込んだ。和尚は仕事を始めてからずっと専用の貯蓄をしており、絶対に手をつけずにいたが、それは寺の再建のために残しておいたものだった。しかし正殿の再建にははるかに足りなかった。仏像はなかったので、壁に三世仏《さんぜぶつ》*8と観音菩薩の絵を貼り、その下に小さな香炉を一つ置いて、朝晩に礼拝した。粗末な建物はからっぽだったが、その誠実さは損なわれていなかった。慧航さんが来てから、ようやく状況がいくらか好転した。

慧航さんは三十歳余りで出家した人だ。揚州の出身で、八〇年代に北京の有名大学に通っていたらしい。当時、大学生は貴重で、その大学に合格できれば、前途は無限大だった。だが卒業間際にどんなことをしでかしたのか、卒業証書をもらえず、実家に戻されてしまった。なぜ卒業できなかったのかについて、彼は絶対に語らない。ふるさとの揚州に戻ると、茶館を何年か経営したり、銭湯や精進料理屋を開いたりした。彼は元々、商売がうまかった。だが本人によると、難癖をつけられたり、ゆすられたりといったこともかなりあったらしい。いくら袖の下を渡しても足りず、毎日調査が入り、最初に開いた茶館はそうして潰れてしまった。それから賢く立ち回ることを学んだ。こうした経験があるためか、彼は権力にたいそう熱をあげていて、一番好きな話題は省政府や市政府の人事異動だった。精進料理屋をやっていた頃に何人かの僧侶と知り合い、その職業は前途有望だと考えてはたと膝を打ち、料理屋を友人に譲って自分には株をいくらか残しておき、出家した。九〇年代末のことで、慧灯和尚より少し遅い。年が三十歳近くも違うため、親子のように見えるが、兄弟弟子の関係だ。

彼は極めて聡明な人だ。多くの土地に行ったことがあり、広東語や閩南語《びんなん》〔主に福建省南部で話される言語〕、温州語《おんしゅう》、北京方言を操ることができ、この土地へ来て半年もしないうちに屏南語も覚えてしまった。記憶力が抜群で、特に数字を覚えるのが速く、携帯電話番号は二回聞けば忘れない。県内の政府幹部や社長の電話番号、生年月日、特に家族の生年月日は明確に覚えていて、すらすらと答えられる。どこそこの社長の母親の誕生日が近いと思うと、数珠やお守り、観音像をかたどった玉の帯飾りなどの贈り物を用意して訪問し、毎回受け取る進物はかなりのものだ。ひょうきんでおしゃべり好き、俗っぽいが面白い人物で、多くの人から好かれている。しかも、才能に溢《あふ》れていることは誰もが認めざるを得ない。何年もしないうちに巨額の寄付金を集め、山門や大雄宝殿、観音堂を再建した。村の子どもたちが時々宿題を教えてもらいに来るが、答えられない問題はない。この才気によって、出家してわずか数年で西禅寺の典座《てんぞ》〔食事や寝具などの雑事を司る僧〕となり、住職から高く評価された。だが昇進が速すぎたために同期からは除《の》け者にされ、嫌がらせを受けた。数年間務めるとうつ状態に陥り、僧侶とはこれほど苦労が多いものかと思った。その頃、慧灯和尚が電話をよこし、竹峰寺の近況について語った。慧航さんはそれを聞いてふいに心が動き、鶏口《けいこう》となるも牛後《ぎゅうご》となるなかれだ、大きな寺で苦しむよりも、よそに山門を興し、みずから創業した方がましだと考えた。さらにあちこち尋ねて回り、この町は経済面こそ遅れているが、近年は別の土地に打って出る人が増え、旧正月に帰省すると喜んで寄進をするため、寺にはやはり大きな潜在力があると知った。加えて、慧灯和尚が電話で、こちらに来るとよい、住職は譲る、おまえには才能があると言った。そこで彼は膝を打ってやってきたのだった。

来てみると、思い描いていたほど状況は良くないことに気づいた。寺はようやく好転し、生計を維持し、余裕が生まれるようになっていたが、大きく発展するにはまだほど遠かった。ここ数年というもの、彼は二度の打撃を受けた。一度目は、山門に直接通じる道を開いて施主がふもとから車で門前まで来られるようにしようと考えた時のことだ。ある建設会社の社長に問い合わせたところ、出してきた見積もりが桁外れに高く、仕方がない、この山は実に険しく、施工の難度が高いと言われた。最初の壮大な願いはこうして破れた。二度目は文物保護団体として申請しようとした時だ。県のお偉方に根回しをしたのに、進展がなかった。担当者が調査に来て、この寺は過去にひどく破壊された上に民国期の古い建築物はすっかり見る影もなくなっており、近年建て直した部分はたいして価値がない、と言った。諦めかけた頃、ある老人が一群の同輩を引き連れてやってきた。県の書道協会と漢詩協会の見学者たちで、みな役所を定年退職した元幹部だった。中腹まで登るともう息も絶え絶えで、一息入れて詩を共作し、律詩を一首ずつ賦《ふ》してから筆墨をふところに寺を急襲し、茶もまだ飲まぬうちに文机を借り、居並んで揮毫《きごう》を始めた。筆頭の老人は県立書道協会の代表で、揮毫を終えると慧航さんに、解放前はこの寺のヒオドシチョウの碑がとても有名だった、自分は子どもの頃に見たことがあり、大変忘れがたい、あの碑は見つかったか、と言った。慧航さんはそのことを知らず、慧灯和尚に尋ねた。和尚は、見つからぬ、なくなってしまった、と答えた。代表は、竹峰はこれっぽっちの土地なのにいったいどこに隠せるというのだ、どのみち山のどこかに埋まっているのだろう、と言った。和尚は口をつぐんだ。代表は立ち去る時、慧灯和尚と慧航さんに向かって、もしも碑を見つけられたら、まず文物に指定し、それから展示しよう、先達の書法をみなの鑑賞に供するのも一つの功徳だろう、と言った。言い終えると露骨に残念そうな顔をして山を降りていった。本培は文机を片づけ、代表の揮毫を手に取ってちょっと眺めると、慧航さんに尋ねた。こんな腕前でも代表になれるんですか。慧航さんは、息子が市役所の部長だからな、と言った。これらはすべて本培が教えてくれたことだ。

　本培は僕にこっそり打ち明けた。慧航さんという人は、人柄が良くて付き合いやすいが、ただ役人っ気が強い。ここ数年は、心を修め教えを説いて寺を再興するのではなく、県の政治協商委員[*9]になることを目指していた。永興寺の住職である法峰和尚が県の政治協商委員になったのだ。慧航さんは、会議テーブルの前に腰掛けてうとうとしているでっぷりと太った法峰の姿に大変あこがれている。永興寺は参拝の香が絶えず、その上、毎年貧しい学生に多額の寄付をしているため、法峰和尚の名声は轟き、宗教界のリーダーのように言われている。竹峰寺は比べようもない。慧航さんは考えた。もしもあの碑を見つけ、ガラスケースをあつらえて陳列でもすれば、観光客が寺を訪れるようになり、参拝だけでなく観光の名所にもなる。それに拓本を取らせたり写真を撮ったりして、書道協会の代表の老人に送り届け、老人が気に入れば、上層部に話をつけてくれるかもしれない。県の政治協商委員に推薦される見込みも出てくるかもしれないぞ。

そこで慧航さんは慧灯和尚に尋ねた。和尚が山から逃げた時はすでに三十歳になっていたから、石碑を隠した者たちの中に彼もいたはずだ。最初、慧灯和尚は何も言わずにただ首を振るばかりで、その上、珍しくあからさまにうるさいという顔をした。しつこく尋ねてようやく言うことには、碑は師匠が我ら弟子たち数人を率いてともに隠した。その時、下山したら隠し場所は誰に問われても言わないと誓ったという。慧航さんが、寺はもう建て替えたではありませんか、今更隠してどうするのです、と言うと、和尚は、あそこに置いておけばよいのだ、動かしてはならぬ、動かせばいつか壊しにくる者がいないとも限らない、と言った。今どき誰が碑を壊すというのですか、と慧航さんがわめきだすと、和尚はもう口を閉ざしてしまった。

慧航さんは諦めず、一昨年の春から秋にかけて、毎日、夜が明けるなり山中をめぐって碑を探した。まず谷で石板を見つけ出し、山腹で甕を見つけ、続けざまに二度がっかりして、そこではじめて少しくじけた。その年の暮れにもう一度探したが、成果がないまま戻り、入口を入ると慧灯和尚がそこで竹筒に彫刻をしているのが目に入り、しごく満足げなその様子に思わず言いがかりをつけ、碑をどこにやったのかと問い詰めた。会話は気まずいものとなり、どちらも黙り込んだ。慧灯和尚はふいに激しくかぶりを振り、口をへの字に曲げて大粒の涙をぽろぽろと落とした。年老いた和尚が泣いた。声も立てずに泣いた。表情は真剣で、悔しそうにも見えた。慧航さんはたちまち後悔し、和尚の考えも悟った。和尚は当時の誓いを大変重んじ、生涯守り抜くつもりであったのだ。もう一つには、かつてのことが再び起こるのではないかと常に案じ、いくぶん臆病になっていた。碑はしっかりと隠されたままで、誰にも破壊されていない。慧航さんはそれまでの自分のやり方が、兄弟子に対する一種の裏切りであったと気づき、どうやらいくらか恥じたらしい。その日以来、彼は二度と碑の件を持ち出していない。

昨年の一年間で、慧航さんの野心は急に崩れ去ってしまったらしい。年をとったのかもしれないし、山の暮らしが彼の気性を変えたのかもしれない。ある日の食事時、なんと、道路が通らないのは実は良いことだ、人が多すぎると騒がしいし、応対するのも大変だ、と言い出した。もう一つの変化は講談を聴き始めたことで、『三侠五義』『白眉大侠』『七傑小五義』『楚漢争雄』[*10]などを聴いた。彼が言うには幼い頃から好きで、揚州の茶館や銭湯はどこでも講談をやっており、湯につかって講談を聴いたり、湯船のそばでヒマワリの種をかじったりするのは極楽だったそうだ。長年聴いていなかったが、今になってまたやりだした。もちろん客が来る時は聴くわけにはゆかず、人のいない時に聴く。その後は『鬼吹灯《きすいとう》』や『盗墓筆記』[*11]も聴いた。彼は唄も得意なのだが、いつも口ずさむのは意外にも崔健《ツイジエン》と羅大佑《ルオダーヨウ》[*12]だった。本人によると大学の時に覚えた、あの頃はこういうのが好きだった、『一枚の赤い布』や『箱』、『之乎者也《なりけりべけんや》』なんかだ、という。黄昏時に山をそぞろ歩いていると、わざとかすれた（羅大佑の真似だ）調子っぱずれの唄が夕暮れの中を遠くから近づいてくるのが聞こえ、それで慧航さんがやってきたことがわかるのだった。

黄昏時、僕はいつも寺の門外の石段に腰掛け、空が少しずつ暗くなるのを眺める。「蒼然たる暮色、遠きより至り、見るところなきに至って、なお帰るを欲せず。心凝《こ》り形釈《と》けて、万化と冥合す」[*13]これらの言葉がまるで何年も前に張られた伏線のように、中学の教科書か唐代の永州から、まっしぐらにこの時、この地に突然湧き出す。ふもとの村は日没の前後にはやけに静かになる。空がすっかり暗くなり、街灯がともってようやく、子どもたちのわめき声が再び聴こえだす。本培によると、この村にはある言い伝えがあり、空がゆっくりと暮れてゆくのをおもてで眺めていてはならない、さもないと子どもは頭が悪くなるし、大人は怠け者になるという。子どもの頃、祖母から似たような話を聞かされたのを思い出した。山地では、昔は山道に隔てられ、村同士でしばしば言葉や習慣が異なっていたが、それでも同じ県のこと、似通った部分がやはり多いのだ。なぜそんな言い習わしが生まれたのだろう。辺りがすっかり暗くなれば禁忌はなくなり、子どもは変わらず遊び、大人は涼みに出る。忌み嫌うのは黄昏から夜に入るあのひとときだ。あの時刻は陽と陰とが定まらないから、戸外には何か魑魅魍魎《ちみもうりょう》が出没するというのだろうか。想像するに、黄昏と闇夜の境目にはごく狭い隙間がひとすじ開いていて、別の世界の陰の風がそこから吹いてくるのだ。いくつもの黄昏に腰を下ろし、僕はいくらかわかった気がした。ある種の沈みゆく力、ある巨大な落胆が、黄昏時にやってくる。その時、物事の意味はバラバラになる。少しずつ暮れてゆく空の下では、大事なことなど何もないかのようだ。人はまず慌てふためき、それからすっきりした気分になり、そうして存在しなくなる。その感覚は、みずから体験したのでなければ、言い表すのは本当に難しい。山野の中にあって、暮色が周囲から押し寄せる時に、一本の木を、自分とそれがともに暗闇の中に融けて夜の一部になるまで、たっぷりとした時間をかけてじっと一本の木を見つめる――そんな体験を何度も重ねたなら、人は異質な人間になってしまい、もう戻れない。何事にも心を置かず、現実の外に遊離するのだ。この土地では「抜け殻になる」と言う。抜け殻になると勉強が手につかず、仕事に身が入らず、来る日も来る日も山野にぼんやりと腰を下ろし、黄昏と夜の隙間に、ひとたび、またひとたびと、融けてゆくほかはない。もう一度本当の人の世に戻り、向上心を奮い起こして世俗の成功者になろうと努力することはできなくなる。なぜならすでに知ってしまうからだ。山野にあって、空が少しずつ暗くなる時刻には、あらゆるものがどうでもよいということを。知ってしまったなら、二度とそれを知らずにいることはできない。

残光が辺りを覆い尽くす中、僕はあれこれと考えを巡らし、またあの碑の行方に思いを寄せた。慧航さんは探すのをやめたが、僕はかえって強い興味を持ち始めた。どうして文字のない石板を谷間から探し出せたのだろう。まったくもって奇妙なことだ。想像するに、あれらの文字は石の内部に潜りこんでいて、実はあの石板こそが碑で、文字は石という石の間を移動することができ、もしかすると今この足元の石段の中に、柱の根石の中に、山の岩の中に、竹峰の奥深くに隠れ、ひらめく思いのように定まるところなく、かすかに揺れ動いているのかもしれない。僕はこんなふうに考えながら、鐘の音が鳴り響き、本培が懐中電灯をつけて呼びに来るまで、ずっと腰を下ろしていた。

夜の山は静寂そのものだ。日が暮れるとは言っても、実際には山林が暗くなるので、空はむしろ不思議な暗い青色をたたえ、そこへ青緑色の光が差し込み、じっと見つめていると目がくらんでうっとりとしてくる。真っ黒な峰には宣紙のへりのようにそそけ立つものが見えるが、それは不揃いな梢《こずえ》だ。寺はとうに休んでいる。明かりを消せば自然と眠くなり、山に満ちる虫の声がいにしえのリズムを刻む。横になって数えてみると、来てからすでに半月あまりたっていて、幾日もせずに帰らねばならない。暗闇の中で枕元の鍵をさぐり、「永安」の文字をなでて思った。これを隠す時だ。

　どこに隠せばいいだろう。早朝に起き出して、寺の内外をうろうろしながら考えた。静かなひとけのない場所。誰も知らないところ。永遠に変わらない地。山のいたるところがそうであるように思える。いや、違う。適当に穴を掘って埋めたとしても、あの安心感、あのひそやかな歓び、秘められた平穏は手に入らない。僕は足を進めつつ、鍵を隠すことを考えながら、和尚たちが碑を隠したことをもう一度思わずにはいられなかった。もしも僕が慧灯和尚たちなら、碑をどこに隠すだろう。いや、きっと埋めはしない。僕たちにとって、あの災厄はたった十年間で、耐え忍んでいれば過ぎ去ったと知っている。だが彼らからすればあれはもしかすると永遠に続き、目の前の様々な狂乱が日常になるかのように思えたかもしれない。碑を土の中に埋めてしまえば、百年後にあの文字たちはひどく損なわれてしまうだろう。僕なら、直接埋めはしない。埋めないなら、ほかにどこに隠せるだろう。石板として回廊に敷く？　だめだ、回廊に敷かれているのは小さく不揃いな四角い石板ばかりで、あんなに長く大きいものはない。あずまやへ行って碑の台座の溝を眺め、しばし考えて突然あることを思いつき、すんでのところで声をあげそうになった。この時、住職たちはもう朝の行を終え、本培が僕を朝食に呼びに来た。朝食は粥と饅頭、干し筍の炒め物、セリホン〔カラシナの一種〕の漬物、菜の花の漬物だ。食べながらぼんやりと考えた。ある考えがひとすじの線香の煙のように、心の中にゆらゆらと立ち昇り、からみついている。食後、本培と一緒に畑でナスの世話をしたが、ぼうっとしてあやうくナスに水をやりすぎてしまいそうになった。このところ山での歳月が尽きることなく延びてゆかないものかと願っていたのに、この日は日暮れが待ち遠しかった。午後、何度か畑に行ってみたが、まるで順番に当直でもしているかのように、本培か慧灯和尚のどちらかがそこにいた。僕はじりじりしながら、日没を待つよりほかはなかった。

　空がすっかり暗くなる頃には、僕はもう部屋で長いこと横になっていた。表に出てみると境内は静まりかえり、あちこちの明かりはみな消えていた。慧航さんの部屋の前を過ぎる時、中から単田芳《ぜんでんほう》の物寂しい声が聞こえた。本培の窓からは緑色の光が、まるで鬼火のようにちらちらと瞬いていた。ウイニングイレブンをやっていて、画面が彼の背後の窓ガラスを緑色に染めているのだと僕は知っていた。慧灯和尚の部屋はひっそりとして、どうやらもう眠っているらしかった。庭には虫の声がかしましく、ほかには何の物音もしない。部屋に戻って小型の懐中電灯を出し、短パンに穿き替え、サンダルを履くと、こっそりと厨房に入り、裏口を押し開けた。ふいにいくつかの黒い影が畑の中から飛び上がり、バサバサと遠ざかっていった。驚いたが、すぐにサンジャクだとわかった。この鳥はくちばしが赤く、体は青で、派手な長い尾羽を持ち、肝が据わっていて、よく畑で盗み食いをする。

鳥がいなくなると畑は真っ暗になり、水の流れる音が暗闇の中から実に変幻自在に伝わってきた。気を静め、橋のたもとの岸辺に腰を下ろし、懐中電灯を口にくわえ、手探りで岸に沿って歩き、足先で渓流を探った。水は凍るように冷たい。ゆっくりと伝ってゆき、川の中で立ち止まると、水はちょうど腿の辺りまで届いた。川には草が生い茂り、高いものは人の背丈ほどで、手で払いながら一歩ずつ橋げたの下へとにじり寄った。手や顔が草の葉で切れて痛かった。橋の下に潜り込むと、甕の中に身をひそめたような感覚があった。橋の下は日が差さないため、草はいくらも生えておらず、楽に立つことができた。

懐中電灯で上を照らすと、その橋は二枚の長い石板を並べて作ったもので、長さは二メートル足らず、一枚はやや幅広く、もう一枚は狭く、どちらも青苔に覆われている。石板の隙間には土が挟まっているため、青苔が特に厚く生えている。石板は両側の石の橋脚の上に乗っている。懐中電灯を石板に近づけてよく見ると、狭い方の青苔はただの苔だ。幅広の方を見ると——苔の下に文字がある。自分の心臓がドキドキと跳ねる音が聴こえた。筆画のくぼみを手でなでてみて、自分の推測が正しかったと確信した。文字は苔の下でところどころ見え隠れしている。

「……山川《せんせん》渓谷、土地《どじ》に生ずる所の卉木《きもく》、叢林《そうりん》及び諸《もろもろ》の薬草……密雲は弥《あまね》く布《し》き、遍《あまね》く三千大千世界を覆い……一切の卉木叢林、及び諸の薬草に雨ふるに、其の種性《しゅしょう》のごとく具足して潤いを蒙《こうむ》り、各《おのおの》生長することを得るがごとし……あたかも大なる雲のごとく、一切の枯槁《ここう》の衆生《しゅじょう》を充たし潤し、皆苦を離れ、安穏の楽を得せしむ……」

事の次第はとても単純だった。昼間、僕は頭の中で何遍も考え、確信してからようやく、夜に誰もいなくなるのを待って橋の下に確かめに来た。和尚たちは山から逃げる時、貴重な法具を仏像の胎内や蓮華座の中に収めたが、ヒオドシチョウの碑は大きすぎたために、別の場所に隠すしかなかった。もし僕が鍵を隠すつもりでなかったら、たとえその身になって考えてみたとしても、碑がどこにあるかは絶対に思いつかなかっただろう。碑の台座の溝の幅から碑の大きさを推測し、寺の周囲を一通り考えてみるに、この小さな橋だけがぴったりだった。和尚たちは元々あった橋の板石を持ち上げ、そのうち一枚を石碑と取り換え、また元通りに並べて、橋脚の上に置いたのだ。おそらくその上には元のように土を薄く盛り、足でならして、畑や厨房の裏口の土と同じ色にし、橋と岸が混然とつながっているようにしたので、じっくりと観察しなければ、その下にあるのが石の橋だとは気づかない。取り替えた板石は、橋の近くに捨てれば紅衛兵たちに見つかって疑われるため、はるばる南の谷まで担いでいって捨てた。こんなに簡単なことだったのだ。慧航さんはあんなに頭が良いのに、碑は竹峰のどこかに埋められているとばかり思いこんで、灯台下暗しなうえに、ものを隠す時の心理をわかっていなかった。碑を橋に隠し、文字のある面を下に向けて宙吊りにしておけば、土や雨に浸食されないし、川床には草が生い茂っていて橋の下が見えないから、隠すにはちょうどいい。僕たちは毎日橋を渡っていたのに、ヒオドシチョウの碑がすぐ足もとにあるとは誰も思いつかなかった。

僕は仰向いてそれらの文字をしげしげと眺めた。書は見るのも書くのも好きだが、さほど深くはわからない。ただその一画一画は、見ていると心がときほぐされるようだった。筆画の間には古来の秩序がみなぎり、のびやかな気持ちになった。経文のほとんどが青苔に覆われていたが、露出している部分を読むだけで十分に満たされた。仏典はもちろん小さな楷書の文字で書かれている。びっしりと詰まって抑制が利いているのにのびのびとして、落ち着きがにじみ出ているが、停滞してはいない。筆づかいは断固としているものの、少しも野放図ではない。十分に程合いを心得ており、いかめしさと甘やかさの間の絶妙な位置を探しあて、その二つを兼ね備えながらそれらを凌駕している。さらにすばらしいのはその慎み深さだ。いたずらに才気走ることなく、一心に書に没頭しているのだが、おそらく経文そのものが書き手の心を動かしもしたのだろう、筆の端々に情熱とも呼べるものがにじみ出ていることからそれがわかる。字と経のかかわりは器に水を盛るようなものではなく、分かちがたく融け合った雲と水のようなものだ。一筆一筆を追い、石板の上を目で移動するうち、ふいに、これらの文字は永劫に存り続けるもので、たとえ碑が粉々に砕かれても、それらは乱れも緩《ゆる》みもせず、悠然と空《くう》に存在するのだ、という無限の信頼が湧いた。それらも自信に満ちているようだった。僕は長いこと眺めてから立ち尽くして目を閉じたが、しばらくすると闇の中にその筆画が見え、それらはまるで金色の細い流れのようにみずから漂って文字となり、句となり、篇をなし、死のごとき暗闇の中で静寂の光を放った。目を開くと、心は安らかだった。

実家の鍵はとっくにポケットの中に入れていた。取り出して手の中で力を込めて握り、僕の熱を伝えた。それから橋の下を見回すと、碑と橋脚の隙間が緑も色濃く分厚い苔に覆われているのが見えた。慎重に苔をめくり、鍵に伝わった熱がまだ消えないうちにそれを置くと、少しつついて中に押し込んだ。それからまた苔を注意深くかぶせた。こうして僕の鍵は、鍵の中に保存された古い家は、家の周囲の路地やふるさと全体は、すべてここに、かの秘密の碑の隣に保管されることになった。苔は日夜生長し、それをぴったりと覆い隠し、誰にも見つけることができなくなるだろう。僕だけがそのありかを知っており、これからはどこにいても想像で通じ合うことができる。もしかすると何年も後、気が向いたら再びこの地を訪れて取り出すかもしれないし、永遠にその時は来ないかもしれない。僕が動かさない限り、それはこの碑のそばに幾千年も隠され、天地が崩壊する時まで、誰にも見つからない。それは絶対に確実なことだ。絶対に確実なことが一つか二つあれば、世の中の様々な無常に抵抗するには十分だ。僕はそう考えながら、最後にその青苔と碑をじっと見つめ、橋の下から抜け出して岸をよじ登った。

翌朝、畑に水をやる時に本培が言った。どうして川沿いの草があちこち倒れていたんだろう、キョンが夜の間に水を飲みに来たのかな。僕はうつむいて草取りをしながら、何も答えなかった。しばらくすると本培はまた僕に尋ねた。手の擦り傷はどこでやったの？　昨日はなかったのに。僕は仕方なく、昨晩お腹が空いて、畑のキュウリを取ろうとしたんだが、真っ暗な中を不注意で川に滑り落ちてしまった、と嘘をついた。本培は笑って僕をからかった。慧灯和尚は傍らで竹竿を挿して豆の世話をしており、この時、顔を上げて僕をじっと見つめたが、何も言わなかった。

帰る時が来た。昼食を済ませると、三人は山門まで送ってくれ、口々に別れを言った。慧灯和尚は『金剛般若経』をくれ、暇な時に読むといい、と言った。慧航さんは数珠をくれた。本培は一緒に山を下り、バス停までスクーターに乗せていってくれた。あの甕のそばを通りかかった時、またその中に入って腰を下ろし、蓋を閉め、あの暗闇と音をもう一度味わった。本培も急かさず、道端に立って待っていた。午後の風が木々の葉をそっと揺らし、山々はまるで眠っているかのようで、ホトトギスがけだるそうに鳴いた。僕たちは縦に並んで、未来の記憶の中を歩いた。僕はまた鍵のことをぼんやりと思った。今頃、日光はちょうど川面を照らし、波の影があの碑に反射し、光の波紋が文字の上でゆらめき、青苔の上でゆらめき、青苔は少しずつ生長し、その中に僕の鍵を隠し、鍵は家とふるさとを隠し、あの場所ではすべてが落ち着いて動かずにいるだろう。僕はそのことを思いながらまっしぐらに、いつまた戻るとも知れない山を降りていった。

二〇一八年七月八日〜十一日

＊1　**悩み事が……**　『西遊記』第三十五回に見える言葉で、「人逢喜事精神爽、悶上心来瞌睡多」（人は嬉しいことがあれば気持ちが爽快になり、悩み事があればうたた寝が多くなる）とある。

＊2　**是れ日已に……**　『法句経《ほっくきょう》』「無常品《むじょうぼん》」第一篇十三に見える偈《げ》。「この一日はすでに過ぎ去り、命もこれに従って一日少なくなる。次第に枯れてゆく水の中の魚のようなもので、死が近づくことに何の楽しみがあろうか」の意。

＊3　**ウイニングイレブン、ワールド・オブ・ウォークラフト**　どちらもゲームソフトの名前で、前者はサッカーゲーム、後者はロールプレイングゲーム。

＊4　**『薬草喩品』**　『法華経』第五章。仏の教えを雨に喩え、それが万物に分け隔てなく降り注ぐことを説く。

＊5　**廃廟興学**　清末に起こった、寺院の財産を教育等の費用に転換しようとする運動。中華民国成立後も各地方政府の支持を得て展開され、寺院の荒廃につながった。

＊6　**破四旧**　文化大革命（一九六六～一九七六年）初期に行われた、「旧思想、旧文化、旧風俗、旧習慣」を打破しようとする運動で、紅衛兵によって多くの文物が破壊された。

＊7　**茶海**　茶の濃度や温度を均一にするため、茶碗に分ける前に注ぎ入れるピッチャー状の器。

＊8　**三世仏**　過去・現在・未来を表す三体の仏像。中国では燃灯仏、釈迦牟尼仏、弥勒仏。

＊9　**政治協商委員**　中国人民政治協商会議の委員。国や地方の各種政策について討議・提案・監督を行う。

＊10　**『三侠五義』……**　いずれも講談師・単田芳《ぜんでんほう》（一九三四～二〇一八）が創作した講談の演目。『三侠五義』は清代の通俗小説に、『白眉大侠』と『七傑小五義』は『三侠五義』の続編『小五義』『続小五義』などに、『楚漢争雄』は同名のテレビドラマにそれぞれ基づく。

＊11　**『鬼吹灯』や『盗墓筆記』**　ここではいずれも講談の演目を指し、『鬼吹灯』は天下覇唱（一九七七〜）が二〇〇六年に発表を始めた小説シリーズ、『盗墓筆記』は南派三叔（一九八二〜）が二〇〇六年に発表した小説を原作とする。

＊12　**崔健と羅大佑**　崔健（一九六一〜）は中国のロック歌手。天安門事件の起きた一九八九年頃には学生を中心に大きな人気を博した。「一枚の赤い布（一塊紅布）」「箱（盒子）」は代表曲で、いずれも中国共産党に対する強い批判を歌う。羅大佑（一九五四〜）は台湾の歌手。代表曲「之乎者也」のタイトルは、文語を混ぜて勿体ぶった表現を冷やかす言葉。

＊13　**蒼然たる暮色……**　中唐の詩人、柳宗元（七七三〜八一九）の散文『永州八記』第一篇「始得西山宴遊記」の一節。「夕暮れの色が遠くから次第に近づき、何も見えなくなってもまだ帰る気にならない。精神が凝集して肉体を離れ、万物の変化と一つになる」の意。

彩筆伝承

葉書華《イエシューホア》はうちの県出身の作家だ。父の古い友人で、僕は葉おじさんと呼んでいる。おじさんの息子は中学の同級生だ。

作家はどの県にも何人かいる。たいていは会社勤めで、余暇に趣味で書いており、題材はほとんどが土地の風物や生活の思い出、幼少期の記憶のたぐい、中には繁栄の時代を称えるものもある。みな芸術面での野心はさほどなく、筆致は穏やかで端正だが、文章はたいていとてもうまくて、それは長年積み重ねてきた教養のなせるわざだ。葉おじさんはまさにそういう人だった。書くものは例によって昔風の随筆で、早朝の散歩の時の空想や、公園の小径《こみち》の四季の移り変わり、知識青年*1だった頃に食べた野草のことなどを二、三千字で綴っていた。そうした文章は、普通の読者からすればたいして面白みがないから、売れ行きは良くない。一方、文学好きの人からすれば、深みが足りず、古臭い。けれどおじさんの文章はとびきりうまくて、言葉に対する情熱や根気が伝わったから、以前は好んで読んでいた。おじさんは県の文化会館で働いていていて、作品は地域刊行物にしか発表しなかったため、よその土地にまでその名が知られることはなかった。小さな町では、誰もがこうした人物にいくらか敬意を払っていたが、とはいえ、それもたいしたことはなく、せいぜい自分の子どもの作文の成績が良くない時に、そういう人たちのことを思い出す程度だった。

僕は大学時代は文学部で、一時は文学に夢中だった。自分でも何年間か作品を書いていたが、うまくいかず、才能がないとわかってやめてしまった。ある年、論文を書くためにたくさんの有名なモダニズム作家の作品にかじりついたが、どれも荒唐無稽で重苦しく、歪んでいて、ぼんやりとしたうわ言で深刻ぶった物事をなぞるばかりで、頭がズキズキしてしきりに眩暈《めまい》がし、すんでのところで文学を嫌いになりそうだった。冬休みに帰省した時、たまたまトイレにあった地域刊行物を手に取り、葉書華の名前を見つけて、寝ぼけまなこでめくってみた。それは農村のある柿の木の下で夕焼けを眺めた時のことを描いた随筆だった。冬の林のように穏やかでのびやかな文章だった。言葉のリズムがすばらしく、おもわず小声で朗読してしまうほどだった。文章に対して長いこと喜びを感じていなかった僕は、たちまち夢中になった。大学に進学してからは一日中、西洋の大作家の間を渡り歩いていて、実を言えば、こうした田舎の刊行物に書いている田舎作家は軽く見ていた。だがその時は、まるでへビーメタルが暴虐を振るうバーから逃げ出して、裏通りで嘔吐した後、天の果てに冴えわたる笛の音《ね》を聴いたような気分だった。

その時から僕はおじさんの散文を愛読し始めた。おじさんがブログをやっていると知ってからは、たびたびチェックして読み、文章をいくつか書き写すこともあった。おじさんのブログは「大槐宮《だいかいきゅう》*2」という名前で、アクセス数は少なく、読者は僕のほかにはほとんどいないようだった。

その後、おじさんは突然書かなくなった。僕はよその土地にいたため、もちろんその理由がわからず、ブログにコメントを残したが回答はなかった。父と電話で雑談をした時にこの話題になり、父は「それが当たり前だろう。もう年寄りなんだ。俺も昔は卓球が好きだったが、今はもうやらなくなった、膝がもたないからな」と言った。

今年九月、秋雨がそぼ降る週末の午後、僕は昼寝から目覚めてパソコンを開き、何をするでもなく「豆瓣《ドウバン》*3」をしばらく眺めた。ブラウザのブックマークを整理しようと、画面を開いて一つ一つ削除していった。葉おじさんのブログのURLが目に入り、何年もの間フォルダに眠っていたんだと思い、何気なくクリックして開いてみた。なんとそこには新しい記事が投稿されていて、閲覧数は二、コメントはゼロだった。読んでみるとそれは小説だった。おじさんが小説を書くのは初めてらしかった。文体も大きく違っていた。原文は次に引用する通りだ。

対話がどのように始まったのか覚えていない。私は自分がどうやってここへやってきて、このあずまやに腰掛け、石のテーブルの向かいに座る老人が飽くことなく語り続ける話に耳を傾けるようになったのか覚えていない。老人は文学について語っている。その声ははるか遠く、まるで晋の時代〔二六五～四二〇年〕のある明け方から届いたようでもあり、また一光年も離れた宇宙船の中から私に語りかけているようでもあった。声は少しかすれて、ＬＰレコードのような雑音が交じっている。私が暮らす小さな町では、普段はこの話題についておしゃべりに付き合ってくれるような人は誰もおらず、今、彼と語らうのは実に愉快な気分だ。脳の奥深くに埋もれていた考えが、陶器のかけらのように巧みに拾い上げられ、一つの完全な器へと組み合わされる。夢中になって耳を傾けるうち、ふいにこれが夢であることを意識した。なぜなら老人はある詩を引用したのだが、それは私が中学生の頃にノートの裏に書き記した言葉で、そのノートごとなくしてしまい、誰も知るはずはなかったからだ。

私たちは公園の小山の頂《いただき》にある小さなあずまやに腰を下ろしていた。公園は真っ白な濃い霧に覆われ、まるで世間と切り離されたかのようだった。夢は小山のふもとから始まった。私は小径のそばのツバキの花が、ぽつりぽつりと暗紅色に、じっとりと濡れているのを見た。最初に花が目に入り、それから花には香りがあるのだと思い至り、そこでようやく香気がふわりと漂ってきた。小径づたいに登ってゆく時、山上にあずまやがあることを思い出すと、あずまやの輪郭が霧の中に次第に浮かび上がってきた。その公園には長いこと来ていなかったが、どうやら少しも変わっていないようだった。マツの木の立ち姿、虫の鳴くリズム、石に生えた苔の形、松ぼっくりの落ちた場所まで、何も変わらなかった。ただ、霧が深いのは少し奇妙だった。山頂にたどりつくと、あずまやに立っている人が見えた。それは老人で、いささか古ぼけたコーデュロイのジャケットを着て、頭は少し禿げ上がり、下まぶたの辺りが王志文《ワンジーウェン》*4に似ていた。老人はごく自然に私に話しかけた。知り合いではなかったが、奇妙には感じなかった。何しろ夢だ。そこでとりとめもなく応答した。霧はゆっくりとあずまやに上ってきて、ちょうど足の甲の辺りでとどまり、私たちはまるで宙に浮かぶ仙人のように腰を下ろした。おそらく老人の方から、文学について語り合おうと提案された。いいですとも、文学について話しましょう、と私は答えた。そして会話を始めた。

どういう話のつながりか、老人は突然、韓愈《かんゆ》の「小慚《しょうざん》は小好《しょうこう》なり、大慚《だいざん》は大好《だいこう》なり」*5について語り始め、文学史上の位置づけがどうであろうと、作者自身が満足していないなら、作者にとってその作品は失敗なのだ、と言った。私は頷いて同意を示し、『随園詩話』に「以《もっ》て四座《しざ》を驚かすべくも、独座に適すべからず」*6とあるように、自分の文章を楽しむことができないのなら、どれほど世間を感服させてもたいした意味はない、と言った。老人は、そうだ、だが作者が力を込めた会心の箇所であればあるほど、人には注目されにくい、いわゆる「詩は誰も愛する者がない境地に達してこそ巧みになる」[*7]というやつだ、と言った。私は、それで十分です、「清香《せいこう》はいまだ減じず、風流は人の知るにあらず」[*8]というではありませんか、と言った。これほど他人と意気投合したのは初めてで、老人も大変嬉しそうに、君が書いた「興到りて閑に筆を拈《ひね》り、詩成りて人に示すを懶《おこた》る」[*9]のような状態はすばらしい、「人に示さず」と「人に示すを欲す」の間に絶妙なバランスがある、と言った。その時、わずかな違和感に私はぞっとした。若い頃に書いたその詩をとっくに忘れていたからだ。自分が夢の中にいることはわかっており、しかも現実の公園はとうになくなっていて、山はすでに平らにならされ、その場所は今はショッピングモールになっているのを思い出した。私は眠る前に新作の随筆を修正し、その中で竹林に落ちる夕陽を描写しようとしたのだった。竹の葉の間にちらちらと見え隠れする残光を描き出そうとしたのだが、どうしても納得がゆかなかった。ここ数年、私は、多くの物事は文字で表現することができないという事実を次第に受け入れつつあった。美しい風景を前にして、人にできることは、ただその美を、それを筆墨に付す試みの多くは徒労なのだという無力感とともに、平静に受け入れることしかない。私はペンを置き、疲労と失望を抱えて眠りについた。そうして、とっくに消え失せたこの公園へと舞い降りてきたのだ。

夢であることを意識すると周囲のすべては暗くなり、今にも崩れて消えそうになった。「仮に君が……」老人の声が響いて私を再び引き戻し、あずまやと石のテーブル、石の腰掛けはまた明るくなった。老人は何の脈絡もなく尋ねた。「仮に君が、偉大な作品を書くことができるにもかかわらず、それは自分自身にしか享受することができず、生前であろうと死後であろうと、君の偉大さは誰にも知られることはない――そんな一生を送りたいと思うかね？」

私は少し考えて、答えた。「あなたの言う偉大さとは、自己陶酔ということですか」「そうではない、絶対的な偉大さだ、宇宙的な意味での偉大さだ。君の作品を読めば誰もが感服し、心酔し、夢中になるほどの偉大さだ。だがそれは誰にも読むことができない。これが交換条件のようなものだ」

私はすでに人生も半ばを過ぎており、三十年余りも書き続け、自分にはさほどの才能はないと考えていたが、文学への信仰は誰にも負けなかった。ましてや、これは単なる夢だ。私はことさらに大らかなふりをして笑ってみせ、言った。「もちろんです。そう願わないわけがないでしょう」

老人はそれを聞くと軽く頷き、懐からあるものを取り出して、ゆっくりと言った。「このペンは君のものだ。受け取りなさい」手を伸ばした時、自分の右手がまるで灯火の下の玉器のようにまばゆい輝きを放っていることに気がついた。いぶかしむ間にも老人はもうその奇妙なペンをこちらによこしており、私はそれを受け取った。そのやりとりには少しの重々しさもなく、まるでタバコを一本受け取るようだった。私はそれをしげしげと眺めた。それはただのペンのように見え、片側は丸く、片側は尖り、材質はよくわからなかったが、虹のようなものが中で絶えず流動しており、色はこれと定めがたく、この上なくきらびやかだった。液状のオーロラで満たした試験管のようでもあった。幻想的な色彩がペンの軸の上で折り重なり、広がっていた。しばらくの間吸い込まれるようにじっと見つめていたが、慌ててそれをシャツのポケットに挿し、顔を上げてみると、老人はすでに影も形も消え失せていた。あずまやは霧の中に溶け、私は目覚めた。

起き上がると、すっきりと爽やかで満ち足りた気分だった。先ほどの夢を思い返し、机の前に行って昨夜の原稿を取り出した。数行読んだだけで恥ずかしくてたまらなくなり、そこにある不純物や亀裂、摩損した箇所を敏感に感じ取った。作文を習いたての者が書いた習作のように拙い。私はそれをぐしゃぐしゃと丸めると、別の原稿用紙に走り書きを始めた。朝食の前にはもう完成した。私は安定した二つの段落で竹林の落日をとらえ、蜜柑《みかん》を一つもぐように軽々と、竹の葉や浮遊する塵《ちり》、暮れ方の光、影とそよ風との関係を明らかにし、余分な修辞や抑制のきいていない抒情を削ぎ落した。もし世の中に、私があの黄昏に見聞きしたあらゆることをあるがままに保存しておく方法があり、なおかつそれがただ一つの方法にのみよるとすれば、私は今しがたすでにそれをなし遂げたのだ。昨夜は紙いっぱいの字句がまるで鉄のフェンスのように右からも左からも自分をがんじがらめにするのを感じたが、この時はあたかも星々の間を遊泳し、手を伸ばしさえすれば光芒に触《さわ》れるかのようだった。

朝食後、作品をパソコンに入力し、地元紙の編集者にメールで送り、陶酔のうちに新しい作品を構想した。一時間後、編集者が返信をよこした。彼は、葉先生、添付ファイルをお間違えではありませんか、真っ白です、と書いていた。私はもう一度送信した。彼は、やはり真っ白です、バージョンの問題でしょうか、と言う。不吉な予感が頭の上で渦巻いた。私は原稿を手に取り台所の妻のもとへ行った。手渡した瞬間、紙の上の文字がことごとく消滅するのが見えた。まるで蓮の葉の上で消え去る朝露のように。妻は、どうしたの、と尋ねた。動転したままその場を離れ、数歩歩くと、文字は再び紙を埋め尽くした。私ははっと昨夜の夢を思い出した。他人の視線に触れると、私の文章は消えてしまうのだ。朗読してみようとして口を開けても声が出ない。原稿を写真に撮りさえしたが、他人の目の中ではやはり一文字も写っていなかった。ひそかに数日間思案し、それはある種の代価で、私がある奥義（もしかすると蒼頡《そうけつ》[*10]の）をかすめ取った罰なのだと結論を出した。何年も経ってからは、それは宇宙の固有のバランスを守るための障壁のようなものなのだと思うようになった。私の理解によれば、宇宙についてはいかなる形容詞も力を持たず、宇宙は美しくも醜くもなく、そこにある美や醜は等量であり、二者の和はゼロになるはずだ。だがこのペンはそのバランスを攪乱《かくらん》してしまうため、創作者の精神領域の内に封印せざるを得ず、現実の中にその果実を落としてはならないのだ。もちろん、これはただの推測だった。

しかしこうしたことはいずれも重要ではない。重要なのは文章だ。私はその状態がどれほど長く続くのかわからなかったため、すぐに新しいものを、言い換えれば以前書きたかったが手をつけられずにいた作品を書き始めた。最初の段階にはおよそ二年かかった。まずその実在しない公園の一木一草をすべて描き出し、それらを文字の中に永遠に存在させた。それから八〇年代の懐かしい街の様子を丸ごと復元した。あらゆる店のあらゆる姿、音や匂いまで、真に迫らないものはなかった。具体的な表現はもう忘れてしまったが、描写は極めて優美で、冴えわたっていたことだけは覚えている。一篇の文章で一種類の野の花だけ、一つの池だけを書くこともあれば、いくつかの段落を用いて周囲の山々を書き尽くすこともあった。読む者はたとえその町に来たことがなくても、ただ数ページ読むだけで、あたかもそこでもう何世代にもわたって暮らしてきたかのように、様々な光景が目の前に立ち上がったことだろう。

最初の数年間は、練習を重ねれば重ねただけ、驚くほど筆力が伸びた。私は草の葉《よう》脈《みゃく》や流れる水が作る縞《しま》模様、夜半の林の中の物音、月が昇る瞬間の湖面の輝き、露がどのように滴《したた》り、草の茎がどのように曲がって弾むかを正確に描写することができた。細密に写生することも、一語でその神髄を表すこともできた。塵を浮き彫りにすることも、銀河の輪郭をかたどることもできた。若者の最も微妙な感情であっても、私の筆の下では崖に刻まれた彫刻のように余すところなく描き出された。いくらも経たないうちに、現実を描写することに飽きてしまった。心を寄せた自然の景観はほぼ書き尽くし、ふるさとや思い出はすべて紙の上に刻まれた。感情が満たされると、技巧面の野心が沸き立ってきた。表現することの爽快さは障害とその解消からくるが、私の筆はどこまでも順調で、思考は妨げるものなく広がっており、そうした爽快さはもはや存在せず、すべては流れるように熟練した処理にすぎないのだと気がついた。私はさらに難しい執筆計画を立てざるを得なかった。

私はまず一秒間を書いてみようとした。つまり、この一秒間における世界の断面を描くのだ。トンボが水面に触れそうで触れず、灰がタバコの先から落ちかけ、サイコロがテーブルの上に浮かび、炎と波が固定した形を持ち、銃弾がある人の胸にぴたりと張りつき、帝国の運命が存続と滅亡の分かれ道で立ち止まり、一輪の花がいましもほころびようとする……私は有限の時間の上に立ち、無窮《むきゅう》の空間を文字によって覆い尽くそうとした。半年を費やし、数万字を書いたが、その文体は名づけようがなかった。その後、また一立方メートルを書いた。つまり、これまでの歳月の、とある一立方メートルにおいて発生したあらゆることを描いたのだ。かつてそこを満たしていた暗闇、海水、氷塊、土。一頭のブロントサウルスの口がそこで銀杏の葉を咀嚼《そしゃく》する。マグマがそこで沸騰する。雪山の峰がそこで生長する。兜《かぶと》についた赤い房。刀剣の閃《ひらめ》き。蝶がそこで片時、旋回する。一本の矢、一羽のハヤブサ、一片の雲、一条の稲妻がそこを通り抜ける。一組の恋人の唇がそこで触れ合い、また離れる。今、そこは私の机の上にあり、スタンドの明かりがいっぱいに注がれている……しかしこれらもなお私を満足させることはできず、筆は十分に疾駆することができなかった。テーマは重要ではなく、英雄の功績を称えることと冬の夜の寝具の温もりを賛美することの間に優劣はなく、大切なのはテーマが完璧になし遂げられるかどうかだった。私は文体の問題を検討し始めた。

この数年間、一人の私は紙の上で勇敢に突き進み、もう一人の私は現実の中で様々な悩みに苦しんでいた。初めの頃は過度に敏感になり、どんな感覚も私にとっては洞穴の中の叫び声のように、わけもなく何倍にも拡大された。極めて些細なディテールも、雪の上に足跡を残すように心に刻まれた。人間関係は単純であればあるほど良いと思い、暇な部署への異動を願い出た。さらに、構想を練る時のうわの空の状態と、書き上げた時の意気揚々、その二つは長年執筆する中でもはや慣れ親しんでいたとはいえ、しょせん人の世の言語は神仙の言葉とは異なり、反応は数倍強烈で、構想中は神がかりになったよう、擱筆《かくひつ》後は酒に酔ったようで、適応するのに少なからぬ時間を費やし、日常の行動はどうしても奇妙にならざるを得なかった。あの夢を見て以来、他人に作品を見せることはなく、なじみの編集者はみな私が創作をやめたのだと思ったが、中年以降に書かなくなる人は少なくなかったから、それもしごくまっとうなことだった。ある日友人が、「江淹才《こうえんさい》尽く」[*11]だな、と私をからかった時、ふいに閃き、このことわざの意味を初めて理解した。

　江淹の故事はまったくの逆なのだ。真実の物語は、よく知られている話とはほとんど鏡の裏表だ。私は書物を数冊ひもとき（それらの文章は、その頃の私の目には当然、耐えがたいほど稚拙《ちせつ》に映ったが、無理やり読み進めた）、たちまち理解した。江淹は夢で五色《ごしき》の筆を手に入れて以来、大いに文才を発揮するようになり、のちにまた夢でその筆を返してからは、二度と傑作を生むことがなく、世人からは才能が尽きたと言われるようになった。彼に筆を与えた人物は、郭璞《かくはく》[*12]だとしている本もあれば、張協《ちょうきょう》[*13]だとしている本もあったが、それはどうでもよい。私からすれば、真相はこうだ。江淹は元々才能にあふれており、後世に伝わる傑作はいずれも筆を手に入れる前に書かれたもので、だからこそ筆を譲り受ける資格があったのだ（もしかすると彼の右手も発光したのかもしれない）。あの筆を得た後、彼は真の天才となり、偉大な詩を書いたが、誰にも見せることができなかったため、才能が枯渇したと誤解されたのだ。もしかすると口が滑って筆の存在を他人に話したのかもしれないが、世間の人は彼の創作歴に従って、故事の由来を曲解したのだろう。自分が江淹のような境遇と資質を得ることができたと思うと、まったく喜びを禁じえなかった。五色のペンは夢の中で、私のシャツのポケットに挿された。ペンをくれた老人が何者なのかわからないが、私は二度とこれを他人に渡しはしないだろう。

ペンを得てから三年目、ついに、真に不朽の作品を書き始めた。私は、散文の美は雲や波と同じで広がりと流動にあるものの、それは形式の揺らぎやすさにもつながっていることに気づいた。極めて精緻《せいち》な散文であっても、足したり削ったりできる言葉は常にいくらか存在するものだ。動かすべからざる完璧さを得ようとするなら、詩に求めるほかはない。私はそのような詩を書こうとした。その言葉は最も優美な現代中国語で、旧詩の形式や規則に頼るべきではないが、音韻や構造は旧詩のように完璧でなくてはならない。文章は抑制が効きつつも華やかで、吟詠の対象は全世界を包みこみながら、なおかつそれにとどまらない。詩と冗長さは多くの意味において相反するから、それは長詩ではなく組詩で、だがそれぞれの詩は、あたかも天体が天体をめぐり、水が水を包み、花の枝が枝に連なるように互いに関連し、対応する。その組詩が完成し、それを記憶すれば、全宇宙がこの体内に包含される。あらゆる山や星、あらゆる雲、あらゆる錦や灯火、あらゆる別れ、あらゆる帝王の陵墓、いにしえから今日《こんにち》までいくつもの春に打ち捨てられたあらゆる花弁、こうした事物はすべて私の体内のある神秘的な片隅に隠され、声なき吟唱のうちに一つ残らず煌《きら》めくだろう。

考えを決めると、すぐに書き始めた。最初、頭の中はまるで巨大な生薬の棚のようで、語彙は無数の引き出しに分類されて横たわっており、私はそれらの場所を把握して、熟達した動作で必要な言葉をつかみ取り、必要な文を組み上げた。薫《かお》るべきは薫らせ、輝くべきは輝かせた。後になると、言葉は入り乱れてバラバラと天から舞い降りてくるようになったが、私はまるで雪の中で剣舞をするように、無数の雪片の中で常に最も的確なひとひらを射当てることができた。比喩を用いたい時には、あたかも万物の間に隠されたつながりを見抜くように、一つの比喩によって互いをつなぎ合わせることができた。あらゆるイメージが肘《ひじ》の辺りに身をかがめ、号令を待っていた。音韻を吟味するのはまるで花冠を編むようにたやすかった。私は月光を鋳造し、浮雲を裁断し、紺碧の海で巨鯨《きょげい》を釣り上げ、天上の星を統治した……

二年後、組詩の四分の三が完成した。しかし問題が初めて顔を覗かせた。そうした取り憑かれたような執筆状態による生活への影響は完璧に耐えることができたものの、耐えがたいのは執筆後の狂喜だった。その喜びは誰とも分かち合うことができず、最後には疲労に倒れるしかない。創作は確かに逆巻く無上の快楽をもたらすが、他人の承認はそうした快楽を確実なものへと変化させ、天を衝く波濤《はとう》を、秘蔵することのできる宝玉へと変える。私は確かに書けば書くほどうまくなっており、その時点ですでに十分に偉大だったのだが、その偉大さは誰も証明する者がいないのだった。それは決してどうでもよいことではなかった。若い頃は多くの似たような経験をした。これぞ傑作と思えるものを書いて狂喜し、しばらく置いてから見てみると、ぼろ箒《ほうき》を珍重していただけの、一場の蜃気楼であった。私は一万層もの蜃気楼を潜り抜けてようやく今日までたどりつき、今やこれは幻覚ではなく、目の前にあるのは真の宝玉の高殿《たかどの》だと確信しているのに、この狂喜は当時と何も変わらないようだった。どちらも同じ「勝事《しょうじ》空しく自ら知りぬ」[*14]だ。天の果ての蓬莱山《ほうらいさん》〔中国神話で、渤海にあり仙人が住むと言われる山〕を指さして歓びに躍り上がっても、誰にもそれが見えない。仙人が雲の中から降りてきて私一人が酔いしれても、彼らにはそれが聴こえない。時にはふいに動揺して、すべてはまたしてもひとときの錯覚なのではないかと疑ったこともあった。私は他人の評価を聞いて、その狂喜をしかるべき所に落ち着けたいと切に願った。時には、初めからこのペンを手に入れることなく、ごくわずかな天分を頼りに努力を重ねたならば、それもまた悪くない人生だったのではないかと思いさえした。精一杯の力を尽くしてまずまずのものを書き、少しの評価を得て、再び地に足をつけて書き続ける。そうした喜びはこまごまとしたものだが、いずれにせよ宝玉のかけらではあるのだ。

　その考えが浮かんでから、再びペンについての奇妙な夢を見始めた。夢の中で私はペンを懐に抱いて幽霊のように夜空を漂い、下界の屋根を見下ろしている。私は指の間に光を放っている人を探した。家の屋根を透かしてそうしたかすかな光が見えると、ふわりと舞い降りてゆき、その人たちの夢の中に入り込んだ。夢の中の風景はそれぞれ異なっていた。洞穴の中にいることもあれば、馬に乗っていることも、潜水艦の中にいることもあった。最初に老人に聞かれた質問を一人一人に尋ねた。みな望まないと答え、私を自分たちの夢からお引き取り願ったり、追い出したりした。結局、人は夢の中では嘘をついたり強がったりできないものだ。私は売り込みに失敗したセールスマンのように、方々をさまよった。のちに一人の少女に出会った。丸眼鏡を掛け、とてもおとなしそうな顔立ちをしていたが、眉間の辺りにわずかな偏屈さがあった。「偉大な作品を書けるが、それは自分自身にしか読むことができず、生前であろうと死後であろうと、誰も自分の偉大さを知ることがない――君はそんな一生を送りたいと思うかい」私はよどみなく尋ねた。「はい、送りたいです」彼女は少しびくつきながら答えた。それは思いもよらないことだった。スパイが暗号を探し当てたように、歯車がもう一つの歯車と噛み合ったように、暗闇の中で何かがカチリと音を立てて動き出すのが聴こえた気がした。私は何の未練もなく、さっぱりとした気分で、彼女にペンを渡した。

目を覚ますと、前日の仕事の続きをしようとした。組詩は間もなく完成する。ノートを開いて呆然とし、すぐに昨夜の夢を思い出した。そこには一文字も書かれていなかった。私は単にペンが要らないという考えを起こしただけで、それを捨て去る決意をしたわけではなかったのに、夢の中で素直に渡してしまった。まるであのペンは少しの不誠実さも許容できなかったかのようだ。私は自分の懊悩《おうのう》を形容できなかった。あれらの詩句を思い出そうとしてみたが、頭の中は空っぽで、まるで神々の饗宴から突然退席したかのように、玉の美酒のうまみや仙女の羽衣の彩りは、もはや思い起こすことができなかった。いくつかの文句を無理やりひねり出したものの、とても読むに堪えなかった。私はそれらを友人たちに読ませた。長年にわたる苦心惨憺を経てようやく自分の文章が人に見えるようになったことに、ついに目的に達した倦怠感を感じた。彼らはみな称賛してくれた上、以前書いたものよりずっと良いと言ってくれたが、喜びはなかった。私はまるで雲の端からパラシュートで降下し、崖っぷちの樹木に引っかかったように、中途半端な風格をなしていた。偉大な作品の偉大さを享受したために、そうした欠陥品に満足することはもはやできなかった。神々の饗宴をむさぼった後では、人の世に知れ渡ろうとも無味乾燥に感じるのだ。私は二度と書かなくなった。あのような神通力にも似た筆力は跡形もなく消え失せてしまったのに、どうやら眼力《がんりき》は衰えていないようだった。私は自分が今推敲している一文字一文字がいずれも耐えがたいほど粗削りなことを知っており、そうした苦しみはまるで靴の中の永遠に取り出せない砂粒のように、ささやかではあるが長く続くのだ。私はこの物語を耐え忍びながら記録している。

私はもはや創作せず、読むことすらやめてしまった。真に偉大な言葉は我々の目に触れることのない場所に置かれており、遠い昔から今までずっとそうだったのだ。私は創作しない人に対して粛然と尊敬の念を起こした。彼らはみなかつてあのペンを持ったことがあるか、あるいは今まさに持っているか、これから持とうとしているかで、誰も知らない場所でそれぞれの傑作を書いているからだ。だからあのペンはどこにも存在しない。あれは今まさに誰かの夢の中で光を放ち、一人の夢からもう一人の夢へと伝わってゆく。人は死に、文明もおそらく滅びるが、あれだけは永遠に生き続けるのだ。

私は決して何も得るものがなかったわけではなく、この数年間使ったノートが、引き出し一つ、本棚一つ分まだ残っている。開くと、すべて真っ白だ。だが私は、ノートが閉じられ、あらゆる視線から隔てられれば、あれらの言葉は再び現れることを知っている。暗闇の中で、それらはそれ自身のために燦然《さんぜん》と輝くのだ。私はノートを枕の下に置き、眠る前にはそれをしばらくなでさすり、もうほとんどこの手に入りかけていた全宇宙を枕に、日常の、こまごまとした夢の中へと落ち込んでゆく。

葉おじさんのこのブログ記事は二〇一一年十一月、つまりおじさんが亡くなるおよそ二年前に発表された。それまでの随筆とは風格が大きく異なっていて、読み終えてとても驚いた。年末に帰郷した時、理由をこじつけて葉おじさんの息子と食事をした。彼は今、小説を書いていて、父の跡を継いだことになるが、ずっと成功していた。数年前にネット小説が流行《はや》った時、彼はあるウェブサイトで仙人や侠客、墓泥棒、タイムスリップや宮廷ものの小説を書いて、どれも受けがよく、そのうちのいくつかは映像化の話が進んでいるそうだ。今や彼はウィーチャット〔中国のメッセンジャーアプリ〕の公式アカウントを持ち、映画やゲームの提灯《ちょうちん》記事ばかり書き散らかし、年収はかなりのものとなっていて、それは父親の一生分の原稿料よりずっと多かった。料理が運ばれ、何杯か酒を飲んだ。僕は少し前に葉おじさんのブログでとても面白い小説を読んだことを話し出した。彼は言った。そうなのか、親父にも小説が書けたのか、全然知らなかった。てっきりあの手の古臭い、故郷の風景やなんかの随筆しか書けないと思っていたよ。彼は料理を口に運び、ふいにため息をついて言った。「知ってるか。実は親父は亡くなる何年も前、ちょっと頭がぼけたことがあったんだ。仕事が終わるなり自分の部屋に閉じこもって、すごいものを書いているんだと言っていた。親父が出勤してる間にこっそりノートをめくってみたんだが、何が書いてあったと思う?」僕は首を振った。「何もなかった。真っ白だったんだ。俺はぞっとして、お袋に話す気になれなかった。その後、親父は突然回復して、部屋にも閉じこもらず、将棋を指しに出かけたり、おまえの親父さんとぶらついたりして、ずいぶん元気になった。心臓が悪かったなんて思いもしなかったよ」その後、そのノートはどうなったのかと僕は尋ねた。「家に置いておいて目に入るのが嫌だったから、清明節〔四月五日頃。中国では墓参りをする習慣がある〕に燃やしたよ。どうかしたのか」彼はけげんそうに僕を見つめていた。

二〇一七年十二月十六日

*1 **知識青年**　一九五〇～八〇年代初期の中国で、農村建設や若者の思想改造を目的に、農村部に移住して肉体労働に参加した都市部の若者たちの呼称。

*2 **大槐宮**　富や権力は幻であることの喩え。中唐の小説家、李公佐（七七〇頃～？）の伝奇小説『南柯太守伝』に、ある男が槐《エンジュ》の木の下で昼寝し、蟻の国で栄達を極める夢を見る話がある。

*3 **豆瓣**　二〇〇五年に設立された中国のコミュニティサイト。ミニブログや文化コンテンツのレビュー、物販などのセクションで構成される。

*4 **王志文**　中国の俳優。一九六六年生まれ。代表作に映画『北京ヴァイオリン』（陳凱歌監督、二〇〇二年公開）などがある。

*5 **小慚は小好なり……**　唐代の詩人、韓愈（七六八～八二四）の『与馮宿論文書』に基づくことわざ。「自分が満足していないことについては、他人はむしろそれを評価し、自分で大いに不満なことについては、他人はむしろ大いに称賛するものだ」の意から、転じて、世間の評価と自分の願望が相反することをいう。

*6 **以て四座を驚かすべくも……**　『随園詩話』は清代の文人、袁枚（一七一六～一七九八）が書いた詩論。「満座の者を驚嘆させることはできても、自分自身を喜ばすことができない」の意。

*7 **詩は誰も愛する者が……**　南宋の詩人、陸游（一一二五～一二一〇）の七言律詩「明日復理夢中意作」の一句。

*8 **清香はいまだ減じず……**　北宋の詩人、晁沖之（一〇七三～一一二六）の詞「漢宮春・梅」の一句。

*9 **興到りて閑に筆を拈り……**　北宋時代の儒学者、邵雍（一〇一一～一〇七七）の五言絶句「放言」の一句「忽忽閑拈筆、時時自写名」（気落ちしたまま暇に任せて筆をもてあそび、時に自分の名を書き記す）による。

*10 **蒼頡**　中国古代の伝説上の人物で、漢字を発明したとされる。

*11 **江淹才尽く**　文人の才能が枯渇することを意味する。江郎才尽く。江淹（四四四〜五〇五）は中国南北朝時代の文学者。文才によって出世するが、晩年には傑作が書けなくなったと言われる。一説では、夢に現れた人物に筆を返したところ、それ以来、詩が作れなくなったという。

*12 **郭璞**　中国六朝時代の文学者（二七六〜三二四）。中国最古の字書『爾雅』、漢代の方言辞典『方言』、最古の地理書『山海経』などに注を施した。

*13 **張協**　中国西晋の文学者（?〜三百七?）。五言詩をよくしたと言われるが、現存する詩はわずか十三首。

*14 **勝事空しく自ら知りぬ**　盛唐の詩人、王維（六九九?〜七六一）の五言律詩「終南別業」の一節「勝事空自知」で、「そのすばらしさは自分よりほかに知るよしもない」の意。

裁雲記

郊外へと戻るバスの中で、辺りの様子がおかしいと感じ始めた。季節はちょうど初秋で、山いっぱいの草木は乾燥し、涼風の中で稲穂の香りが波打っている。田園は光り輝き、眩しく目を射る。稲は植物ではなく、泥の中から生まれ出る光だ。空は謎めくように青い。大地は起伏し、山は濃い緑が生い茂る。その時、いくつかの奇妙な影が優しく水田をなで、遠くへ向かってゆっくりと緑の野を移動しているのが見えた。その光景はかつて夢の中で見たようでもあり、前世から残った記憶のようでもあった。とある古めかしい感覚がこみあげてきて、とてものびやかな気分だ。後ろの座席の子どもが尋ねた。「おじいちゃん、あれ何？」

剪定所《せんていしょ》で働いて五年になる。今回、下山して物資を購入するついでに、町で一人の老人を訪問した。老人の家を出た時には、頭の中があの長々とした対聯《ついれん》＊1や鳳凰の鳴き声でいっぱいだった。ホテルで一泊し、それから出発した。この町は灰色で、周囲は濃い緑の山々だ。一本の暗い灰色が濃い緑の周囲をぐるりとめぐっており、それが道路だ。途中にはいくつか村があり、村は黄土色と黒が重なり合っている。あっという間に通り過ぎる。その後は延々と続く濃い緑、合間に枯れ葉色や深紅のかたまりがところどころ交じっている。小さな白い点が一つ、山腹を飾っていて、それが僕の剪定所だ。雲管理局の下には多くの剪定所があり、都市のあちこちに設置されている。

僕の日常業務は雲の剪定や機器のメンテナンス、広告の印刷、剪定所の運営維持だ。とても暇な仕事で、仕事が済めば残りの時間はすべて自分のものだ。以前は聾唖《ろうあ》の守衛がいたけれど、僕が配属になってからしばらくして亡くなった。遺品を整理して初めて、彼が連続殺人事件の犯人で、定期的に下山して事件を起こしていたことを知った。僕とドアの外の石段に生えた苔以外、そこに生きているものは何もない。外にはたくさんの生物がおり、森林保護区に近いため、夜は様々な鳥や獣の歌声をただで聴くことができる。

雲管理局は古くからある組織だ。ずっと昔、当時の首相がこの地に視察に来ることになり、市をあげての大騒ぎをし、道路は塵《ちり》一つないほど掃き清められ、建物の外壁は補修された。曲がった木は引っこ抜かれてまっすぐ伸びた木に植え替えられ、樹冠は丸く整えられた。野良犬は射殺されたり追い払われたりした。異臭が発生しないように、通りのゴミ箱にはゴミを捨てることが禁止された。首相が来た。晴れ渡った爽やかな日で、午前九時、通りには通行人も車もなく、草木はピンと直立し、いくつものビルが陽光の下で輝いていた。首相は手を後ろに組んで辺りをぐるっと一周し、満足した様子で近くの役人に言った。「君たちの市はよく管理されておるな！　通りは清潔で、緑化もなかなかのものだ。ただ、あの空の雲がボロボロなのはどうしたことだね。まるで雑巾のようじゃないか」役人たちがはっと見上げると、洗い清めたように真っ青な空に、いつの間に漂ってきたのか、形の乱れた、いかにも野暮ったい雲が、かったるそうに日差しをさえぎっていた。明るかった役人たちの表情がさっと曇り、汗がどっと噴き出した。実は首相は上機嫌で、ただ冗談を言ってユーモアのある所を見せようとしただけだった。その冗談一つで、世の中の一切の雲が災難をこうむる羽目になった。視察が終わると、雲管理局が直ちに設立され、市の上空に漂ってくるあらゆる雲を管理することになった。「都市雲管理条例」は、「すべての雲は法に従い既定の大きさの楕円形に切り、外周は均等な波形に整えなければならず、そうでない場合は違法雲となり、当局が法に従いこれを消去する」と規定した。

その時から、雲はすべてアニメに描かれるような、こんもりとしたおとなしそうな形になった。国語の授業では、「流れる雲」や「夕霞」といった古臭い言葉はもう説明しにくくなった。僕がいる雲剪定所は、雲帽山《うんぼうざん》森林保護区の端にある、灯台のような形をした丸屋根の白い建物だ。僕は塔の上階に住み込み、低層階には倉庫が、中層階の両側にはハッチがある。実はそこは巨大な機械だ。付近の谷には雲が発生し、夜は牛乳のように真っ白い霧が谷いっぱいにたちこめ、早朝になるとかたまりになったり細長くなったりしてじわじわと漂い出すのだが、そのどれもが薄汚く縁の整っていない違法雲だ。漂う雲はすべてハッチに吸い込まれ、反対側のハッチから放たれる時には標準的な楕円形で縁が波打つ合法雲になり、可愛らしいクッキーのように、ぷかぷかと都市の上空へ漂ってゆく。

その後、市場経済が興り、政策が徐々に緩和されて、雲管理局も広告業務を請けるようになった。雲の中央に透かし彫りで文字を入れて青い空に漂わせれば、文字が青でよく目立つ。雲広告の欠点は好き勝手に飛んでいってしまうことで、方向を定めることはできないし、表示時間は短く、半日か一日でもう散ってしまう。だから広告料は安く、大型案件は請けられない。「空室あり　電話×××」とか、「不妊治療なら××病院」というようなのがわりと多い。個人広告も引き受け、毎年バレンタインデーには、「王麗紅《ワンリーホン》さん、愛しています」やら、「李秀珍《リーシウジエン》さん、結婚してください」なんてプリントされた雲が空いっぱいに漂って、たいした見ものだ。広告の情報は管理局から僕に送られ、文字を入力すると、整えられた雲に文字がプリントされる。強風が吹くと雲がちぎれたり文字が歪んだり、二つの雲がくっついて、「王麗紅さん、僕は李秀珍さんを愛しています、結婚してください」になってしまったりして、その時は僕が緊急出動し、所内に配備されている旧式の複葉機を操縦してブンブンと飛んでゆき、雲の中に降雨弾を撃ち込んで、そうしためちゃくちゃな違法雲を「ポン」と跡形もなく消し去り、澄み切った青空を復活させる。その下ではしばらくにわか雨が降るというわけだ。

山間の生活を寂しいとは思わなかった。水を一杯汲んで、何もせずに日がな一日、戸外の枯れ葉が舞い落ちるのを眺めているのは、とても穏やかな気持ちだった。夜明け頃にベッドに横たわっていると、闇の中の潮《うしお》のように、苔の伸びゆく音が聴こえた。寒い夜には温めた黄酒《ホアンチュウ》〔米を主原料とする濃い黄色の醸造酒〕をちびちびやりながら、ラジオで講談を聞いた。僕の恩師は亡くなる前に数千冊の蔵書を残してくれ、僕はそれらを数回に分けて山へ運んできて、表紙の色ごとにきちんと並べた。適当に一冊取って読んでみることもあれば、でこぼこの背表紙をなでるだけのこともあった。僕は学問を一つ選んで生涯の事業にしようと決めていたが、まだよく考えてはいなかった。かの『海洋古生物学』を手に窓辺に座るとちょうど黄昏時で、林の中の霞たなびく小径《こみち》からはしきりに鳥の声が聴こえた。キツネがふろしき包みを背負って山から下りてきた。

そのキツネは顔見知りで、よく人に化けて町で遊んでおり、大作映画が公開になると必ず見に行っていた。僕の方がずっと時代に乗り遅れていて、新しい首相が就任したというニュースも彼が教えてくれた。剪定所の前を通る時、彼は顔を上げて言った。「また本を読んでる。この前トランプに呼んだ時も来なかったね」

僕は言った。「何しに行くの。遠出？」

彼は言った。「『アバター』〔二〇〇九年公開のアメリカSF映画〕が公開されたらしいから、見に行くんだ。一緒する？」何ター？　と聞き返すと、彼は哀れむように僕をちらりと見て、首をふりふり行ってしまった。僕は読書に戻った。

『海洋古生物学』は半年間読んだ。深い山の中で、海の中のとっくに絶滅した巨大な生物を研究するのは、どこか甘やかな不条理さがある。学者になりたいわけではなく、ただ溺れることのできる深淵を見つけたかった。いくつかの知識は頭脳の海に堆積して珊瑚《さんご》となり、いくつかは日差しをさえぎる魚群のように、寄り集まっては轟音を立てて散り散りになった。半年後、一頭のモササウルスが常に夢の中に横たわるようになって、僕は勉強を止めた。それ以上深入りしたら永遠に戻ってこられなくなり、ディープブルーの魔法が僕の余生を席巻し、一歩も前に進めなくなっていただろう。

次の三カ月間は建文帝[*2]の行方を研究した。清朝初期のある書物の中に七言の長詩を発見し、その作者は朱允炆《しゅいんぶん》が埋葬された場所の手がかりを詩の中に隠したとほのめかしていた。道教の専門用語が数多く書かれていたため、『雲笈七籤《うんきゅうしちせん》』[*3]の研究に転向して、また数カ月を費やした。ある夜、真っ赤な夢を見て目を覚まし、これ以上続ければ僕の後半生は一四〇二年の大火の炎に包みこまれ、永遠に抜け出せなくなると悟った。そこで研究を止め、翌日、雲の剪定を終えると、永久機関の歴史をひもとき始めた。

三カ月が過ぎ、二百の失敗例を詳しく分析して、自分でも永久機関を作りたいという考えが起こったが、再び自分をいさめて読むのをやめ、ノートに書いた下図をストーブに投げ込んだ。こうして、あの銀色に輝く、宇宙の法則を無視した偉大な機械は、まだ存在しないうちに灰となった。

その数年間は洞窟の中を歩いていたようなものだった。分かれ道に立ち、目の前にはいくつもの通路があるが、どの道も行きつく先が見えない。小石を放り込むと、数十年経ってもまだこだまが伝わってくる。適当に入口を一つ選んで入ってゆけば、どの道にも途中に奇妙な鍾乳石や輝く結晶があり、どの道も永遠に尽きることなく、人を虜《とりこ》にすることを僕は知っていた。けれど選ぶ決心がつかなかった。いつもしばらく行っては戻れなくなるのが怖くなり、うやうやしく引き下がる。どれが一番自分に合っているのかわからなかったし、一つ一つ試してみることもできなかった。どれか一つを選ぶということは、無限に存在する残りの可能性を捨てるということだ。こうして僕は分かれ道で長いこと立ち止まり、すべての洞窟から吹きつける冷たい風を感じていた。

その日、剪定機を自動運転に切り替え、定型液（噴霧すると雲の形を長く維持できる）が十分に入っていることを確認すると、明かりを消してドアに鍵をかけた。落ち葉を踏みながら下山し、雑草が生い茂る小径伝いに長いこと歩き、最寄りの剪定所で車に便乗して町へ向かった。恩師には生前、一人の親友がいて、長年会っていなかったのだが、急に訪ねてみる気になったのだ。灰色のバスが止まり、僕は灰色の人波に混ざり、灰色の道路標識に導かれて、その団地の灰色の塀の前にやってきた。夕暮れは僕より一足早く到着しており、あまたの小さな橙色の星屑のように、庭の大きなガジュマルの枝の間に宿っていた。コウモリが残照の中で低く舞い飛んでいる。僕は階段を上がった。

階段もやはりボロボロだった。電球は埃や蜘蛛の巣をかぶり、壁の漆喰《しっくい》は剥がれ落ちて神秘的な模様を描いていた。ひんやりと冷たい音符が、玉石《ぎょくせき》の質感をもって、一段また一段と跳び下りてくる。バッハのフーガだ。それはある老婦人が演奏している曲で、彼女がまだ生きていると知って僕は嬉しかった。ここには何年も前に来たことがある。恩師が住んでいたのだ。その頃、僕はまだ若く、ここにいるのはみな「悪魔」にとりつかれた人だと早くから聞いていた。当時はその人たちを哀れに思ったが、今は羨ましくてたまらない。ここの住人はみな教授や学者で、のちに世俗の栄誉や安定を捨て、世界の何かについて脇目も振らずに重箱の隅をほじくり、そうして一生を棒に振ってしまった。他人からすれば、気がふれてしまった老人たちだ。ある人は切り裂きジャックの正体を生涯かけて研究し、ある人は四色問

[*4]題をひたすら証明しようとしていた。ある人はすでに失われた楽器を再現しようとし、またある人は柴窯《さいよう》〔中国五代後周（九五一～九六〇年）の頃に河南省鄭州にあったとされる官窯〕の釉薬《ゆうやく》を製造しようとしていた。あの老婦人は元々、宗教学者で、一八世紀のある修道院の帳簿の間から古い便箋を発見し、そこにはバッハの楽譜に神の啓示が隠されていると暗示されていた。そこで彼女は夢中になり、長年研究した末、傑出した暗号学者にして演奏家となった。精神科を退院した後、もとの勤務先がここで晩年を過ごせるように手配したのだ。

僕はドアをノックして開いた。老人は僕を見てもたいして驚かず、招き入れて握手をし、時候の挨拶をし、茶を淹れ、ふらつきながら湯呑を運んでくれた。顔には長い間、他人と交際していなかったことによる硬さがあったが、きっと彼も僕の顔にそれを見つけただろう。僕たちは恩師のことをしばらく訥々《とつとつ》としゃべり、僕は何の前置きもなく、洞窟についての困惑を打ち明けた。老人は湯呑を見つめ、茶葉は少しずつ回転し、湯を黄褐色《おうかっしょく》に染めた。彼は言った。「そうだ、人が一生涯、溺れるだけの価値のあることはあまりにも多い。君が言うように、どの洞窟も誘惑に満ちていて、選び取れない。私も若い頃は分かれ道で悩んだものだ。その後でようやく悟った。あらゆる洞窟がそこに並んで選択を待っているのではなく、暗がりに潜んでいるものもある。私は足を踏み外して頭から落ちてゆき、未だに底まで落ち切っていないのだ」

「落とし穴のようにですか？　僕はまだそういう状況にぶつかっていないようです」

「人それぞれだ。ある物事にはまり込むことが運命づけられていて、避けようにも避けられない人もいる。そうならず、生涯、洞窟や落とし穴の外で、まともに暮らす人もいる。普通であることが一番だ」

湯呑に湯を注ぎ足すと、老人は自分の洞窟について語った。八〇年代中頃、彼は博物館が処分したある古書を偶然手に入れた。ひどく破損しており、欠けた文字が多すぎ、言葉の意味も不明で、誰も理解できなかったために送ってよこしたのだ。彼は注意深く読み解き、その書物全体が数千字にのぼる一幅《いっぷく》の対聯になっていることを発見した。編纂者は上下の聯のうちいくつかの文字を故意に隠しており、上聯の欠けは下聯の対応箇所から推測するしかなく、逆も同じだ。僕はそこまで聞いて、でも対聯には一意性がありませんよ、と口を挟んだ。そうだ、それこそが魅力なんだ、と彼は答えた。たとえば上聯に「青山《せいざん》」という言葉があるとすると、下聯はどうすれば対になる？　理論的には、音が「仄仄《そくそく》」*5で色を表す言葉なら何でもよい。碧水《へきすい》、白水、白首、緑樹、緑水……だがもしこれらの言葉が上聯のほかの部分にすでに登場しているのなら、排除するしかない。もし下聯のほかの部分に「水」という文字を使わなければならないのなら、「水」もここには使えない。その上、「当句対《とうくつい》〔一句の中に対を持つ句作〕」を考えに入れると、可能性はぐっと増える。たとえばこの聯で「青山」と対になるものは、現段階の推測では「桂棹《けいとう》」の可能性が高い。あまり整っていないように見えるだろう。実は下聯の該当箇所は「桂棹蘭舟《らんしゅう》」で、上聯は「青山碧水」だ。上聯は二つの色が句の中で対になっており、下聯は二つの素材が対になっている。「紫電青霜《しでんせいそう》」が「騰蛟起鳳《とうこうきほう》」と対になるようなもので、「雲容水態《うんようすいたい》還《ま》た賞するに堪え、嘯志歌懐《しょうしかかい》亦《ま》た自如《じじょ》たり」*6もそうだ。だがこれも最終的な答えとは限らない。全体が完全に埋め尽くされるまでは、組み合わせた言葉はすべて覆される可能性があるのだ。何度も何度も覆される。これは絶えず移り変わり、終わることのない穴埋めゲームのようなものだ。老人は言った。自分はかつて登山家になりたかった。もっと幼い頃は時計職人になりたかった。この対聯を手に入れてからは、その二つを同時に体験した。これほど険しい峰はなく、これほど精密な仕掛けはない。その上これらの欠けた文字の中には、雪山の上にも歯車の間にも見つけられない、「より満ち足りた平穏さ」がある。

彼はそう語った。

僕はその本のコピーを受け取り、かつて栄華を極めた宮殿を捧げ持つようにしてめくった。

彼は昔は名を知られた古典文学の教授で、洞窟に落ちてからはほかのことに興味を失い、偏屈で孤独な老人となった。彼は、対句を作ることは定型詩の神髄で、完璧な対聯はおのずから対称的で閉じられた宇宙を形作り、完全に整い、調和し、何ものにも揺るがされない、と言った。

完成したらどうするんですか、と僕は尋ねた。老人は両手を重ね、手の甲の皺《しわ》をなでながら、わからん、と答えた。初めは単に遊んでみただけだったのだが、みるみるうちにはまり込んでしまい、なんとしても完成させなければならないとしか思えなくなった。のちに明末の書きつけを探しあてたが、そこには、対聯が完成すると鳳凰の鳴き声が聞こえ、天から清らかな霜が降りてくると書かれていた。イギリスのある漢学者は日記で、対聯の言葉はすべて不朽の詩から取られており、無数の詩の破片が対聯の中で、まるで湖の底の星たちのようにひそやかに輝いているのではないかと推測した。中華民国期のある親書には、対聯が合わさったなら、あらゆる文字のゲームの終着点に到達し、蛇が自分の尾を呑み込むように、すべては無に帰すだろう、人の世の言葉はことごとく消滅し、宇宙は聖なる沈黙を取り戻し、世界は混沌に立ち返る、と難解な表現で書かれていた。それがでたらめなのか、あるいは文学的誇張なのか、私にもわからないのだ、と老人は言った。だが、真実でないとも限らない、と。最後に老人は最近のいくつかの進展を教えてくれた。昨夜、「藤蘿月《とうらげつ》」を「草木風《そうぼくふう》」と対にすることができるかもしれない、と思いついたのだという。茶葉は湯の中で開き切り、それはまるでマンタが軽やかにたゆたっているようだった。

建物を出た時、辺りはすっかり暗くなっていた。バッハのフーガとともに階段を降りてゆくと、この建物そのものがまるで一つの迷宮で、どの扉の向こうも長い洞窟であるかのように感じた。庭の木の影は夜色に重なり、暗闇はいっそう濃さを増していた。コウモリは姿を消しており、ただ羽ばたきの音だけが聞こえた。庭を出ると、外の風は水のように涼しかった。

翌日の帰りのバスの中で、僕は鳳凰がどんな鳴き声なのかを考えてばかりいて、しばらくしてから水田の上を移動する影にようやく気づいた。それらの影は原野をゆっくりと通り過ぎ、水面をかすめ、尾根に上り、僕が来た方向へとまっしぐらに突き進んでゆく。山河はふいに明るくなったり暗くなったりした。顔を上げて雲を見た。ばかでかくて、ぼさぼさで、乱れていて、しきりに揺らいでいる雲を。走る馬のようなのもあれば、イルカのようなのもあり、もっと多くのものは何にも似ておらず、世の中のどんなものもその形に喩えることはできなかった。僕はじっと深く見入ったり、ひどくしらけたりした。後ろの席の子どもがまた尋ねた。「あれ何?」しわがれた声が答えた。「雲だろう」子どもは笑った。「おじいちゃん、でたらめ言ってる。あんな雲、あるわけないよ」

そこではじめて問題が起きたことに気づいた。留守にしている間に機械が壊れたのだ。バスが停留所に着くなり飛び降りて、山道を一目散に駆け抜け、剪定所へ戻った。事務所に入ってみればデスクの電話には無数の着信があり、全部、管理局からだった。倉庫へ駆け込み、すぐに旧式の複葉機を動かして、ブンブンと上空へ昇っていった。

機内の計器を見ると、幸い降雨弾はたっぷり積んである。出力を最大にして、咳き込む老人のように絶えず機体を震わせ、あの違法の雲たちの方へと飛んでゆく。一瞬、自分がしていることがひどくバカバカしく感じられた。この雲たちには何の恨みつらみもなく、それどころか、僕はこいつらが大好きだ。今、こいつらは日差しに照らされて雪のように真っ白に輝き、縁はうっすらとした青い光に染まり、世間の上空にぽかりと浮いて、雄大で、高貴で、傲慢だ。けれど僕はこいつらを消滅させなければならず、さもないと飯《めし》の食い上げだ。人間は生存欲求が爆発するとやはり傲慢で不遜《ふそん》になる。僕はこれからも雲剪定所に残って、僕の洞窟を探検し続けたい。それ以外に何もするべきことを思いつけない。ましてや、雲は本来、楕円形であるべきで、子どもの頃からそれ以外の雲なんて見たことがない。それは人間がネクタイを締めるのと同じように、理由を必要としないことだ。そういう理由を必要としない物事は文明世界の基盤であり、揺らぐべからざることだ。そこで僕はためらわず、まっしぐらに雲へと突っ込んでいった。間近で弾を打ち込む。「ポン」と音がして、わずかばかりの雨が降った。

事が済んでから、管理局は僕に対する批判を通達してきた。局長はとても腹を立てていて、機械が故障していた数時間、彼は空に対する管轄権を失ったように感じており、それは想像を絶する侮辱だった。クビかもしれない、と僕は覚悟した。だが結果はそうならず、局内の同僚たちは誰も山奥へ雲の剪定になど来たくなかったため、みなかばってくれた。最終的な懲罰は、引き続き剪定所で勤務すること、十年間は異動申請を認めないというものだった。会議が終わると、僕は再びバスに乗って山へ戻った。

バスは村を一つ通り、そこで何人かが降りていった。乗客はますます少なくなり、森林保護区に近づく頃には、僕と後部座席の中年男性しか残っていなかった。突然、「ポン」と音がして、振り返ると、煙がかき消えた後にはあのキツネが座っていた。振り向いたのを見てびっくり仰天し、僕だとわかると喜んで言った。「変身のタイムリミットが来ちゃった。前に人がいるからと思ってずっと我慢してたよ、君だと知ってたらもっと早く元に戻ってたのに」

僕は言った。「また映画に行ってたの？　面白かった？」「超面白かった。わざわざ遠出したかいがあったよ」林を抜ける時、彼は運転手に見つからないようにと、窓から飛び降りて木々の中へ入っていった。バス停に着き、僕はそこからまた枯れ葉を踏んで剪定所へ戻った。夜になって、ドアを軽くノックする音がした。出てみるとあのキツネで、また僕をトランプに誘いに来たのだった。何度も断るのも気が引けて、後について林の中へ入ってゆき、ある洞窟に着いた。洞窟の中には切り株が一つあり、その上にはトランプが一組載っていて、地面には大きなカメが一匹いた。「闘地主《ドウディージュー》〔日本の「大富豪」に似たトランプゲームで、上がりの速さを競う〕」をやろう、とキツネが言った。元々はリスとやっていたのだが、秋になってリスが冬眠のための食料集めに忙しくなり、来られなくなったのだという。そこで頭数を揃えるために僕を呼んだのだ。僕たちはすぐに闘地主を始めた。どの回も柄と数字のランダムな配列になり、一万回やっても重ならないことに僕は気づいた。これもまた尽きることのないゲームで、一生を費やすことができるのだ。お金は賭けるの、と尋ねると、キツネは、僕たちにお金なんかないよ、命を賭けるんだ、点数で量って、一点で寿命十年だ、と答えた。言いながら僕の頭の上をちらっと見たのは、どうやらそこに数字が浮かんでいるらしい。彼は言った。それっぽっちか、大丈夫、足りなかったら融通してあげるから。カメ先輩は使い切れないほどあるんだ。ただ、札を出すのがのろすぎるけど、気にするなよ。僕は、平気だよ、下手だから、お手柔らかに頼むよ、と答えた。僕は地主を引いて、札を三枚取り、切り株の上に放り投げた。

　空が白む頃、剪定所に帰った。白い楕円形がハッチから漂い出ると、デスクに戻って腰を下ろした。紙を一枚出して、書き始める。洞窟の問題は解決したと言っていいだろう。僕はそこに腰掛け、一時間かけてようやくその事実を受け入れた。そしてその紙に、興味のある学問を一つ一つ書き出していった。一つのテーマにつき二十年間研究するとしたら、僕の今の寿命なら百二十個は十分に取り組める。太古の深海の潜行に百年費やし、建文帝を百年追跡し、さらに永久機関に数世紀を費やし、残りの時間はすべての洞窟を気ままにぶらついても構わない。僕はあらゆる草木の名前に精通し、すべての星の温度を熟知するだろう。もしもどこかの落とし穴にはまったら、そこで一心不乱に前進しよう。柔らかな朝日の中、僕の指は並んだ書物の背の上を、鍵盤をなでるようにゆっくりとかすめてゆき、やがて止まると一冊抜き出し、窓辺の明るみに近寄って読み始めた。

二〇一七年九月二十六日午後　　十月七日修正

＊1　**対聯**　対句を書いて部屋や門扉などに飾る紙や板。向かって右を上聯、左を下聯という。

＊2　**建文帝**　明朝の第二代皇帝（在位一三九八～一四〇二年）。姓名は朱允炆。燕王（のちの永楽帝）の反乱の際に消息を絶ち、焚死したと言われる。

＊3　**雲笈七籤**　道教の経典。北宋の張君房編で、全一二〇巻。一一世紀以前の道教の概況を知るうえで不可欠の文献とされる。

＊4　**四色問題**　いかなる地図も境界線を接する領域は四色あれば塗り分けられることを証明する数学の問題。一九七六年に証明された。

＊5　**音が「仄仄」**　中国古典詩における作詩法上の規則「平仄《ひょうそく》」を表す。中古音の平声《ひょうしょう》を「平《ひょう》」、上《じょう》声《しょう》・去声《きょしょう》・入声《にっしょう》を「仄《そく》」に分類し、作詩の際に平字と仄字を交互に置いてリズムや音の調和を作る。「青山」の平仄は「平平」であるため、下聯の対応箇所には「仄仄」の文字を置く。

＊6　**雲容水態…**　晩唐の詩人、杜牧（八〇三～八五二）の七言律詩「斉安郡晩秋」の第三、四句。「雲の形や水のさまはまだ十分に美しく、歌を嘯《うそぶ》くこころは以前と少しも変わらない」の意。「雲容水態」と「嘯志歌懐」が当句対になっている。

杜氏

陳春醪《ちんしゅんろう》は火を焚きながらうたた寝をした。青米が鍋の中でくつくつと煮え、水はもう薄緑色に染まっている。童子《どうじ》が葉のついた竹の枝でそっとかき混ぜ、水と米に竹の葉のすがすがしい香りを移した。昨夜、陳春醪は長い夢を見、目覚めるとその内容は忘れていたが、夢の気配はまだ屏風と寝台の間に漂っていた。彼は丸一日ぼんやりとしており、この片時のうたた寝は、まるで小さな池がはるかかなたの湖につながるように、昨夜の夢につながった。彼は自分が夢の中で一人の童子になり、師匠につき従って黄河の源流へと水を汲みに行ったのを思い出した。だが彼自身、自分に師匠がいないのはわかっていたのだ。まことに奇妙だ。河の両岸の土は辰砂《しんしゃ》〔硫化水銀からなる鉱物〕のように赤く、空には丹頂鶴が鳴きながら飛んでいた。師匠は白い髭《ひげ》をなびかせ、水面を凝視していた。その後はよく覚えていない。

陳白堕《はくだ》、字《あざな》は春醪、青州斉郡《せいしゅうさいぐん》*1の人である。世に春醪先生、大白堂《だいはくどう》主人、壺中君《こちゅうくん》ともいう。

二十歳で酒造りを始め、師なくしてみずからその道に通じ、当世に並ぶものなく、人はみな天より才を授かったと彼を称えた。齢《よわい》三十にならないうちに名酒「崑崙絳《こんろんこう》」を生み出し、都《みやこ》に名を轟かせた。酒を造る水はみずから黄河の源で汲んだ。舟で流れを遡り、手に一本のひしゃくを持ち、袍《ほう》の袖に風を受けながら、目は川面を凝視し、時折ひしゃくで少しの水を汲んでは桶にあけた。彼は水の中の最もまじりけのないところを見分け、最も優美な波紋をとらえることができた。一日かかっても小さな桶に半分しか集められない。水を汲むだけで九つの月を費やした。水は長い間溜めておいたために赤くなり、持ち帰って酒を造ればその味は二つとなかった。この秘訣は誰かに教わったものではなく、彼自身もどこで学んだものか判然とせず、あたかも生まれながらに知っていたかのようであった。わが国の名詩人李若《りじゃく》虚《きょ》は、崑崙絳を飲むと蕭然として言った。「わが詩は口で伝えられるほかなく、せいぜい胸中に届くのが関の山だが、春醪先生は水と米とを言葉とし、麹《こうじ》で韻を踏み、醸《じょう》する詩は臓腑に浸みわたり、血脈に乗って全身をめぐる。まことに天下に妙《たえ》なるわざだ」

陳春醪は答えた。「過分なお言葉です。この酒は滋味は深いが、真に良い酒とは言えませぬ」李若虚は尋ねた。「どうなれば良い酒と言えるのだ」陳はしばらく考え込んだが、答えられなかった。彼も崑崙絳をしのぐ酒は飲んだことがなかったが、かつてさらに優れた酒が存在していたことは確かに知っていた。

童子は長いこと迷った挙句、春醪先生の袖を引っ張った。陳はうたた寝から目を覚まし、炉を見やると、幸い火加減は逸《いっ》していない。辺り一面に青米特有の香気が満ちていた。この米は火を入れると青緑色になり、高価で収量が少なく、入手は極めて難しい。たとえ大商人であっても、伝手《つて》がなければ手に入らない。青米を使って酒を造れるのは彼の大白堂だけだった。米が蒸しあがれば涼堂で広げ、冷え切ってから使う。米の香《か》の中に竹の葉の匂いが漂う。この香りは酒が完成するとごく淡くなり、ふつうは飲む時にかすかなすがすがしさを覚えるだけで、当世ではわずか数人の酒匠《さかしょう》だけが、露の記憶や風のかたちを盃の中に見出すことができた。

秘法の麦麹は粉にし、すでに玉泉山《ぎょくせんざん》の寒松谷《かんしょうこく》から持ち帰った水に三日間浸してあった。取り出して乾燥させ、甕《かめ》に入れ、北辰嶺《ほくしんれい》の百年雪を煮溶かした清水を注いだ。この大甕は建《けん》窯《よう》*2の名匠の手になるもので、作られてから七年は何も入れず、その後、乾燥させた松葉で満たして三年間安置し、煙の臭いを取り去るのである。その日の午後、水面にきめ細かな気泡が立ち上りだした。陳は沐浴をして衣を改め、米を投じ始めた。冷たく透き通った青米は極めて薫り高く柔らかで、手でつかんで甕の中に優しく振りまくが、一度に一つかみずつであるから、三斗を投じるには午後いっぱいかかった。一晩置いたのち、翌日も米を投じ、五斗を入れた。夜間、甕は山中で塤《つちぶえ》*3を吹くような奇怪な音を発した。三日空けて三回目の米を投じ、一石《いっこく》〔一斗の十倍。百リットル〕を入れた。この時、甕の中を見るとあたかも濃緑の深い淵のよう、水中には細かな光がかすかに揺れ動いていた。最後の米を入れれば仕事は終わり、蓮の葉で甕の口をしっかりと覆い、泥を塗った。蓮の葉はその日に採ったものでなければならず、泥は九回濾《こ》してあり、極めてなめらかだ。その続きは時間に任せる。それは陳が最も厭《いと》う段階だ。彼は絵師か木工職人にならなかったのをしばしば悔やんだ。そうしていれば作品の初めから終わりまですべて自分が一つ一つ作り上げ、ほかのものに任せることはない。酒造りは陶工に似て、最後の一歩は時間に任せるか火に任せるかのどちらかで、自分では掌握できず、それは実にいら立たしいことだった。

　甕の口を封じると、ふつうは香を焚いて祈祷をする。その言葉はこのようなものだ。「東方の青帝威神、南方の赤帝威神、西方の白帝威神、北方の黒帝威神、中央の黄帝威神、某年某月某日某辰、五方の神に申し上げる。主人誰それは謹んで某酒若干を造らんとす。飲すれば君子に利し、酔いてまた湜《てい》なり。かの小人に恵むれば、恭にしてまた静なり。脯酒《ほしゅ》の薦をもって相祈り請う、神力を垂れるを願い、虫蟻《ちゅうぎ》にして踪《あと》を絶たしめ、風日相宜《ふうじつあいよろ》しく……」

　陳はこれまでそんなふうにしたことはない。彼は酒がうまくできるかどうかは自分次第だと考えており、たとえ神であっても、ほかのものが手を出すことは好まなかった。

　酒造りの間じゅう、甕はずっと鳴り通しだった。はじめ、甕の声は壎の音に似ていた。のちに笛の音のごとく透きとおり、時折、驟雨《しゅうう》のようにしとしとと鳴った。夜間、それは獣がむせび泣くようだった。大白堂付近の家々にはみな聴こえ、哀切極まりなく、耳にした女たちはしばしばこらえきれずに涙をこぼした。音は三月《みつき》が過ぎてようやく、次第に止んだ。それは麹の「勢い」が尽き、酒が熟したことを示していた。

甕を開く日には李若虚が訪れ、陳は彼に最初の一口を味わってもらった。酒の名は老春、色は透明な青緑で、濾してもなお強いとろみがあり、盃に盛れば柔らかな碧玉のようにかすかに震えた。衆人が取り巻き見つめる中、李若虚は注意深く捧げ持って飲み干した。目を閉じて長いこと沈黙したのち、こう言った。月光が経脈を流れ、春の風が骨髄に吹き込むようだ。自分は常日頃、官界で過ごし、なめてきた辛酸は数え切れないほどだが、今はまるできれいさっぱり洗い流されたかのようだ、と。酒は試作品で甕に数個しかなく、この時、客人にふるまってほぼ尽きてしまった。陳は自分のために一甕残しておいた。来賓の中に、海のかなた万憂国《ばんゆうこく》から来た旅の商人がいた。万憂国人は生まれつき悩み事が多く、特異な風貌をしており、極めて背が低く、大人であろうと子どもであろうと全身が皺《しわ》だらけだ。その商人は老春酒を飲むとにわかに大声で泣き出し、周囲の者がわけのわからないまましばらく見ていると、身体がまるで水分を出し切ったかのように徐々に広がってゆき、皮膚は平らに、背丈も常人と変わらない高さとなり、堂々たる老富豪の姿になった。気分はどうかと尋ねると、しばし考え、明らかに気に病むべきことがまだすべて残っているのに、何も憂うるに値するものなどないように感じる、と答えた。まるで汚れた卓をふきんで拭ったようにさっぱりしているという。彼は生まれて初めて鼻歌を歌い、飛び跳ねながら振り向きもせずに去っていった。

人々は陳が傑作を生み出したことに次々と祝いの言葉を述べた。だが陳は内心、こう思っていた。これはまだ最高の酒ではない。もっと良い酒があるはずだ。

彼はひと月余り苦慮した後、新しい酒造りに着手した。老春酒の成功は、ほとんど原料や道具が優れていたことによるもので、そこにはいくつもの偶然があった。今回、彼は寸分の狂いもない酒を造ろうと決めた。竹筒の内部に細かな刻み目をいくつもつけ、取水量を量った。半年を費やして水時計を製作し、時刻を計れば宮中の名工が作ったものよりも正確なほどだった。柴の形まで一本一本選び、炎の色すら成否にかかわると考えた。使ったのはただの水や米、麦だったが、配合比率は完璧に近く、作業一つ一つの時間は絶妙に段取りされた。酒は極めて長い葦の茎を伝って甕の中に滴り落ち、半刻〔約一時間〕にたった六滴しか得られなかった。入念な設計と数え切れないほどの計算によって、酒は九千九百九十九滴落ちた後はもう流れず、甕はぴったり満杯になった。

彼はこの酒を二甕造った。酒の名は真一《しんいつ》、色は琥珀《こはく》であった。このうち一甕は皇帝に献上された。その時、春醪先生の名はすでに宮中に知れわたっており、今上皇帝は崑崙絳を召し上がると口を極めてこれを褒め称え、人をやって新作ができたかどうかを尋ねさせた。こうして真一は一甕献上せざるを得なくなった。皇帝はすでに華甲《かこう》〔数え年六十一歳〕に近かったが、盃一杯飲むと白髪がはらはらと抜け落ち、たちまち緑の黒髪が生え、頬は赤く輝いて、若き頃の姿を取り戻した。皇帝は喜び、朕《ちん》は甕の外の山河を統《す》べることしかできぬが、甕の中の天地はおまえの支配下にある、と言った。こうして壺中君の呼び名がついた。皇帝は御用の紫《し》霞杯《かはい》と九龍を彫った玉《ぎょく》の甕を春醪先生に下賜したが、その傍らで泣きじゃくる声が聴こえ、みなが見やればなんと張貴妃が数杯をむさぼり飲んで赤子に変わってしまっていたのだった。

　ほうびを受け取り帰宅すると、陳は庭を長いこと歩き回り、じっと考えた。老春酒は憂いを取り除き、真一酒は歳月を取り除くが、まだ物足りない気がした。彼は髪や衣が夜半の霜にすっかり濡れてしまうまで立ち尽くしていた。翌日、病に倒れ、昏睡とうわ言の中で苦しみの冬を越し、春に病が癒えると酒蔵へ来て、再び新たな酒を造り始めた。

　今度もまたふつうの原料を用い、ただ清浄であれば良しとした。麹を造る際には型を使わず、原料を手で直接、餅形にこね、そのまま積み重ねておいた。どれほど陰干しするか、どれほど日に当てるか、どれほど水を加えるか、どれほど細かな粒に挽《ひ》くか、米はどれほど蒸すか、米を何回投じるか、一回はどれほどの量か、これらはすべて心の赴くままにおこなった。決めごとを設けず、彼自身が決めごとであった。それまでに培った経験が鋭い直観を生み、直観以外に何も頼らず、意の向くままに動いた。酒を造る時、彼の一挙手一投足は極めて美しく、拍子を刻み、雲が行き水が流れるように滑らかで、軽やかに心地良く、あたかも一種の踊りのように、それ自体が韻律を生んだ。彼は米を投じながら低い声で歌った。口を封じた後も、甕の中では玉の輪が鳴っているようであった。甕が静まると封泥を叩いて開け、酒をきめの粗い鉢にあけたが、その多くがこぼれた。酒は乳白色で、霞の立ち込めるがごとく、今にもゆらゆらと立ち昇って消えてしまいそうであった。向かいに腰掛けていた李若虚は待ちきれずに椀を手に取り飲み干した。刹那の間に、澄みわたった歓びが体内を駆けめぐった。しばらくすると何かを失ったように感じ、自分の名を思い出せないことに気づいた。彼自身が忘れただけでなく、陳も忘れ、元々彼の名を知っていた人々がみな忘れた。だが彼は苦しみを覚えず、むしろかつてない軽やかさを感じた。彼は二句の詩を詠んだ。「酔いてのち名と姓とを知らず、生前すべて酒と詩に付す」そして陳の呼びかけにも答えず（陳も彼をどう呼んだものかわからなかった）、歓呼の声をあげて踊りながら立ち去った。

のちに彼は南方で名前のない宗教を立ちあげ、無名教とも呼称せず、名前は人生の煩悩の源だと教えた。万物にはそもそも名前はなく、山は山、虎は虎であり、占められた場所や飼われた獣こそが名前を持つ。人は人であり、名前はいたずらに荷物を増やすだけだ。名前を取り去ることは足枷《あしかせ》を取り除くようなものである、と。教徒たちは一日中瞑想し、修行を積み名前を忘れる境地に達しようと努力した。信者は日増しに増え、数年後にお上《かみ》にとり潰された。教祖の行方は知れず、各州府《しゅうふ》に通達して捕縛しようとしたが、名前がないために手配状をどう書くべきかわからず、うやむやになった。陛下はいささか気分を損ね、陳春醪に、今後はこのような奇妙な酒を造ってはならぬと命じた。

それから一年の間、陳春醪は一歩も外へ出なかった。家人ですら、彼が毎日酒蔵で何をしているのか知らず、ただその身体から発する奇妙な香りを嗅ぎ取った。童子は掃除に入るたびに、彼がただぼんやりと腰を下ろしているのを見た。「お師匠様、お食事の時間です」「わかっている、おまえは先に行きなさい」翌年の春、彼は突然ぐっと老け込み、まともな生活を取り戻し、時折、町に出て辺りをぶらついた。人は口々に、彼の酒はすでに完成したのだが、誰にも秘密にしているのだ、と噂した。ある夜、もの好きな名家の子弟たちが塀を乗り越え陳の屋敷に忍び込み、酒蔵から甕を一つ盗んだ。甕には「大槐《だいかい》」の文字が貼られており、酒は胡麻で作ったかのように真っ黒であった。彼らは地べたに腰を下ろし分け合って飲み、酒が唇を濡らした途端にみな立ち上がると歓呼して踊り出し、まるで楽しさの絶頂のようであったが、突然倒れて死んでしまい、死んでもなお大層愉快な様子だった。官府はいきさつを調べ、人をやって陳春醪を呼び出したところ、陳が言うには甕の中身は元々ただの水だった。日夜それに向かって瞑想し、酒造りの工程を一つ一つ思い描き、虚無の麹を投げ入れ、形のない米を投じ、計り知れない時間を、それが真に酒に変わるまで静かに待った。これは極上の酒だが、人間の微賎《びせん》な肉体はこれに合わせることができないため、飲めば命を落としてしまう。とどのつまり、死者はみずから盗んだ酒を飲んだので、身から出た錆《さび》であり、陳を責めるわけにはゆかず、お上は彼を放免し、遺族を帰らせた。

その夜、陳は童子を自室に呼んだ。童子が見れば卓上には五つの鉢と、空の甕が一つ並んでいた。陳は言った。ここ数年、わしは自分の酒造りの道を追求することにかまけ、おまえには雑用しかさせず、何も教えてこなかった。近頃、いくつか道理を悟ったので、語って聞かせよう。ある故人、名前は忘れたが、酒は水が醸した詩だと言った言葉に偽りはない。詩に起承転結があるのは知っているだろう、酒もまた同じだ。ここに崑崙絳、老春、真一、大槐があり、さらに名前のない酒がある。酒の色は五色、青、赤、白、黒、黄、期せずして五《ご》行《ぎょう》に符合する。わしは今、これらを混ぜ合わせてみようと思う。

陳は言った。黄は土の色で、土は五行の中央にあるから、これをもととしよう。そう言いながら甕に黄金色の真一酒をあけた。ほかの四色は四方に対応し、春夏秋冬の色にも符合しており、おのおの起、承、転、結の相を持っている。しなやかな始まり、雄大な続き、玄妙な転換、そして虚無の終わり。春は木に属し、色は青。彼は濃緑の老春酒を注いだ。夏は火、色は赤、言いながら深紅の崑崙絳を注ぐ。秋は金、色は白。乳白色の無名酒を注ぐ。冬は水、色は黒。漆黒の大槐酒を注ぐ。五つの色が甕の中で互いに追いかけあい、退けあい、交ざりあった。甕の中ではひとしきり合戦の音がし、仙界の楽の音が聴こえ、さらにぶつぶつと呟くような声がした。そして静寂に帰した。

陳春醪は甕の口をそろそろと開けた。童子は頭を寄せて中を覗き込み、お師匠様、中身がからっぽになってしまいました、と言った。陳は手を振って童子をどかせると、甕をゆっくりと傾けた。透明の物質が、流れるというより漂うようにして出てきた。水にあらず気にあらず、注げば空虚に近い。その物質越しに盃を見ると、あたかも空気がさざ波を立てているかのように形がいくらか歪んでいた。陳はいささかも迷うことなく、盃を捧げ持つと一息に飲み干した。童子は緊張してその顔をじっと見つめた。しばしの後、陳の皮膚は透き通り、全身が皮をむいたように赤々として、内臓がはっきりと見えた。さらにしばらくすると、腰を下ろした形の骸骨だけが残った。その骸骨もみるみるうちに消えていった。童子は一瞬にして理解した。この酒は師匠の存在を消し去ったのだ。次の瞬間、彼は自分に師匠がいたことを忘れ、目の前のからっぽの酒器を見つめながら、何が何だかわからなかった。

陳春醪の家人も彼を忘れた。まるでそのような人物は存在しなかったかのように。だがこの家屋敷や財産には主人があるはずで、それは誰なのか、誰にも思い出せなかった。彼に関する記憶はまるで山脈がある箇所で雲に断ち切られるように、蒼然とした薄闇にすっかり落ち込んだ。童子はこの屋敷を出て放浪を始めた。彼ものちに酒造りを生業《なりわい》としたが、教える者もないのに腕はたちまち上達し、まるで天賦の才があるかのようだった。その後の行方はついぞ知れない。

かの五種の酒を注いだ甕はあちこちを転々とし、のちに大食国《たいしょくこく》*4のある商人に所蔵された。言い伝えによるとその中は果てしない暗闇で、美しい星雲が見えたという。覗き込んだものはみな気がふれてしまい、世間のことは何もかまわなくなった。その甕は最後に、海を越える客船の預入荷物の目録に登場したが、嵐の中、船もろとも海の底に沈んでしまった。

二〇一七年十月二十一日

＊1　**青州斉郡**　中国にかつて存在した郡。秦代から隋代にかけて、現在の山東省に置かれた。

＊2　**建窯**　中国福建省建陽県にかつて存在した窯。宋代に優れた天目茶碗を生産して発展した。

＊3　**壎**　読みは「けん」とも。卵型で中空の土でできた楽器。上方に吹口があり、側面に五個の指孔がある。

＊4　**大食国**　唐、宋時代の中国で、アラビアおよびイスラム帝国全体を指して言った呼称。

李茵の湖

その午後はどんよりとして、小雨が降ってはやんだ。僕と李茵《リイン》は耽園《たんえん》をぶらついていた。耽園には実際、見どころなど何もない。あずまやはがらんとして、回廊は薄暗く、石畳はじっとりしている。柳の枯れ枝が不気味に立ち並んでいる。築山の周囲には運動器具が一式置かれ、おばあさんが一人、器具に乗って空中で音もなく足を動かしている。庇《ひさし》の上では猫が体を丸め、人が来ればばけだるそうにちらりと一瞥をよこし、世をはかなむ顔つきだ。もう一度そちらに目をやると、もういなくなっている。僕たちはあずまやでしばらくたたずんだ。いくつかのいびつに歪んだ名前が薄紅色の柱に永遠に刻まれており、日付はどれも二〇世紀のものだった。鳥の声がまばらに聴こえ、菊の花はもう散っていた。

耽園は清代の地元の名士が造った庭園で、民国期に没落し、八〇年代に小さな公園に造り変えられた。古い建物はみな念入りに修復され、名前だけが数本の古木とともに存続した。

明清以降、随園、留園、過園、寄園など、一文字の動詞で庭園を名づけるのがとても流行したようだ。耽園の耽は耽擱《とどこおる》の耽、あるいは耽溺《たんでき》の耽で、自業自得の退廃という意味だ。園内の風景は確かにそうした雰囲気に満ちている。今やここは八、九〇年代の名残りのような、時間の流れを免れた片隅のような場所だ。あらゆるものが塀の外では滔々《とうとう》と流れ去ってゆく。辺鄙な場所にあって設備が古いため、いくぶん陰惨な雰囲気があり、今はもう訪れる人も少ない。一昨日、李茵が耽園に行ったことがないと言い出したのは少し意外だった。それで思い出してみると、僕たちはたいてい子どもの頃に親に連れられて遊びに来たのだったが、彼女の両親は早くに離婚していた（彼女は母親についていったが、母親は年がら年中出稼ぎに出ていたため、中学、高校時代を通してずっと叔父の家に預けられていた）。そこで今日、一緒にここに来る約束をしたのだ。

その年、彼女は会社を辞めたばかりで、大学院を受験するために自宅で勉強していた。僕は県立第一高校で地理を教えて二年が過ぎていた。元々、知り合いだったのだが、話をしたことはなかった。彼女は変わり者だったし、僕も大差なく、共通の友達はほとんどいなかった。町はとても小さく、しょっちゅう顔を合わせたから、何度か彼女を食事に誘った。あまり誘いに乗ってくれなかったが、それでも少しずつ親しくなった。その頃は彼女を口説こうと思っていたが、まだ迷いもあった（その後、僕たちは三年付き合って、別れてからは連絡を絶った)。一匹のコオロギが悲しげに鳴き始めた。僕たちはあずまやを出て、耽園の奥へと歩いていった。

耽園の地下には防空壕があり、第一高校の図書館の地下室につながっているという噂だった。その入口はあずまやの石のテーブルの下にあるという人もいたし、草むらに隠れた井戸の蓋の下にあるという人もいた。中学校時代、その入口を見つけようとしょっちゅう園内をうろついて、思いがけず別の秘密の空間を見つけたが、誰にも教えたことがない。その日は意気込んで、李茵に見せようと連れていった。彼女はすごく興味がありそうにしていたが、もしかするとお愛想だったのかもしれない。園内の二本の道の交わるところ、石造りの花壇の裏に、数枚の不揃いな飾り塀と竹林があった。竹の葉の緑が白い塀にうっすらと映っていた。僕は彼女を連れて花壇をまたぎ、芝生を踏み越えて竹林の裏へ回り込んだ。二枚の飾り塀が八の字を描き、その間にちょうど人が通れるくらいの空間があった。入ってゆくと草は深く生い茂り、ほとんど膝まで達するほどだったが、草の下には踏み石が敷かれていた。元々そこは小径《こみち》になっていたのだが、おそらく景観デザインをよく考えずに緑化を進めたのだろう、小径の入口の前に花壇を作り、塀との間に竹を数本植えたところ、どんどん茂って入口を覆い隠してしまったのだ。もしかするとあえてそうしたのかもしれない。両側の道からそこを眺めると、飾り塀に遮られて、その間には細長い緑地帯があるようにしか見えないが、実はそこには水滴の形をした空き地が隠されており、手前はとても狭いけれど、入ってみると広々としている。水滴の大きい側には生垣やうっそうとしたコノテガシワがあり、丈高く生い茂って弧を描く壁となり、視線や足音から隔てている。空き地の真ん中には手の込んだ花壇があり、まるで孤島のように、深い草むらの中に浮かんでいる。花壇にはカエデが一本植えられ、その時は紅葉が一面に散っていた。何年も来ていないうちに、カエデはずいぶん高くなり、樹皮はたくましさを増していた。この庭園の中の庭園を見つけてから、僕はしばらくの間よく遊びに来ていて、秘密基地のつもりでいくつもの名前をつけた。たしか最後につけた名前は匿園《とくえん》、隠すという意味だ。しかし何と言っても荒れ地で、面白いものはないから、次第に足が遠のいた。僕は草むらに石を一つ見つけた。猫くらいの大きさで、表面に「寸天」の文字が彫られ、水色の塗装はすっかり淡くなっていた。当時は意味がわからなかったが、成長したらわかるようになった。周囲の塀や木が高いために、その隙間からは小さな空しか見えない。ここに腰を下ろしていると、井戸の底に座っているような気になる。耽園にはほかに小さな池もあり、丸石で囲まれ、あずまやのそばにあるがまったく目を引かない。のちに池のほとりでまた石を見つけたが、裏側には「尺水」と彫ってあり、やはり青く塗られていた。それで初めて、二つの場所は互いに対応する景色になっていると気づいた。清代か民国期にはもう存在していたはずだが注目されず、修復後に思いがけず残されたのだ

(石は彫り直されたものかもしれない)。この時、あの「寸天」の石は生い茂る草むらの奥深くに埋もれ、木のそばを一回りしたが見つからなかった。李茵はカエデの実を一つ拾い、その小さなプロペラをつまんで空中に放り投げ、旋回しながら落ちてくるのを眺めた。匿園の中はこのうえなく静かだった。コノテガシワは深緑色の壁で、枝葉の間に風が入ると、ざわざわと揺れ動く。上の方の区切られた空は柔らかな灰色で、雨雲が穏やかに移動している。遠くの鳥の声は小さくゆったりとして、まるで現実の鳥の声を夢の中で聴いているかのようだ。僕たちは花壇のそばに腰を下ろし、小声で話をした。もし外を通る人が聴いたら、反対側の道にいる人の話し声だと思っただろう。そこは極めてひそやかで、誰にも見つからなかった。

その時に何を話したのか、今はすっかり忘れてしまった。たしかとりとめもなく長いことしゃべった後ではじめて、彼女が聞いておらず、うつむいて足もとの花壇をぼんやりと眺めているのに気づいた。僕は少しがっかりして、どうしたの、と尋ねた。彼女は何も言わずに花壇の端をなでて、これすごく変、と急に言った。どうしてガラスの屑がはめこんであるの。僕はちょっと見て、ああ、それは洗い出しだよ、と言った。

大学二年の時に土木工学科の彼女がいて、装飾デザインの授業を一緒に選択したことがあり、使っていた教材が時代遅れだったから、講義でもその時代遅れの技法について触れたのだ。当時すぐにこの花壇のことを思い出して興味をひかれた。それからはこの技法を使った古い家を見かけるたびに、気にとめて見るようになった。洗い出しというのは、セメントの中に砂利を混ぜて、セメントが固まりきる前に表面の層を水で洗い流す技法で、こうすると砂利の粒が半分露出し、絶妙なきめの粗さが出るし、はげ落ちることもない。普通はヒマワリの種くらいの大きさに砕いた白い大理石を使う。もっと手が込んだやり方は、ザクロの種くらいの大きさのガラスの粒（表面を少し露出させるだけだから、怪我はしない）を混ぜるもので、緑色の粒が真っ白な砂利の間にはめこまれると、素朴な輝きが出た。ただ工程はわりと面倒だから、砂利だけを使ったものよりずっと珍しい。そういうスタイルは八、九〇年代にだけ流行したから、あの時代の手触りと言ってもいいだろう。けれど新鮮味が足りなくて、その後は西洋風の磁器タイルや大理石にその座を奪われてしまった。かといって十分に古くもないから保存の対象にもならず、今やこうした技法を使った建築は取り壊されて、いくつも残っていない。この花壇の縁石の表面は緑色のガラス粒を混ぜた洗い出しで、とても手が込んでおり、灰白色の間に細かな緑色の点がちりばめられて、とても美しく、古びてはいたが味わいがあった。

李茵は花壇の前にしゃがみ込み、まじめに耳を傾け、その表面をなでながらまたぼんやりとし始めた。僕はしゃべるのを止めて、横顔を盗み見た。彼女はうわの空の表情を浮かべていた。まつげがびっしりと生え、目を伏せると影を落とし、そのせいでいつもどこか色っぽく見えたが、普段はとても淡々としていた。その頃、僕はまだ若すぎて、彼女の淡白さを古い気質や物静かで落ち着いた性格からくるものだと思っていた（のちに多くの経験を経て、それはただ単に淡白なだけだったことがわかった）。その日、彼女が見せた予想外にデリケートな一面は、思い描いていたイメージとはあまりそぐわなかった。けれどその小さなギャップがまたいっそう神秘的で、僕はしばらくの間、彼女に夢中だった。

変な感じがする、と彼女は言った。ここに来てこの花壇を見たことがある気がするが、完全にこんなふうでもなかったという。うまく言い表せず、途切れ途切れに、とても静かで温かい感じがする、ちょっと感動するし、とても「ちゅんとする」ような気もする、と——「ちゅんとする」というのは僕たちの地元の言葉で、あのわけもなく鬱々とした気分をいい、郷愁や人恋しさ、しょんぼりする感覚に似ている。日常のこまごまとした悩みを別の言葉で表しているのだ。胸が締めつけられると言ってもいいが、それでは重すぎるから、僕は「ちゅん」という表現に賛成だ。まるで一羽の鳥が心の中でちゅんちゅんと、小声だが頑固に鳴いているようだ。どうしてかわからない、本当に変、と彼女は言った。口調が変わり、目頭も少し潤んでいるのに気づき、立ち上がって言った。ここでちょっと待ってて、トイレに行ってくるよ、すぐ戻る。彼女はうつむいて軽く頷き、僕は来た道を通って出ていった。

コノテガシワの下の小径をしばらく歩くと、蘇軾《そしょく》〔北宋の政治家、文学者(一〇三六〜一一〇一)〕がかつて一度も行ったことのないはずの寺を訪れて、何もかも見たことがある気がすると言い、上ったことのない石段が何段あるかまで言い当てたことを思い出した。しかし彼が当時どんな感覚だったのか、泣きたい気持ちだったのかは記録されていない。誰にでも言い表せない神秘的な体験はあり、それなら無理に言い表さずに言葉の外の空間に置いておけばよく、理解される必要もないと思う。コノテガシワのうちの一本はとても垢抜けていて、枝葉は遠くから見るとまるで青い煙のように見えた。別の一本はよじれて固まった炎のようだった。満開のフヨウはしとやかで美しく、立ち止まってしばらく眺めた。築山のそばまで歩いてくるとおばあさんはもうおらず、僕は器具でしばらく運動をした。トイレに行くとは言ったものの、トイレは庭園の反対側にあり、往復するには時間がかかるし、かといってすぐに戻るのもよくない。耽園の中は古い寺のように静かで、鐘の声すら聴こえない。空気はひんやりとして、風が枯れ枝を揺らし、その枝がひび割れのように映る空は、もう暗くなり始めていた。そろそろ戻らなければ。なぜかその時、ふいに自分の年齢のことを考えた。その数字をひそかに噛みしめ、一画ずつ、雲の上に視線で描いた。二十三。そのそばに自分の名前も描いた。描き終わらないうちに雨が、ゆっくりと落ち着いてぽつりぽつりと降り始め、たちまち本降りになった。

あの飾り塀まで戻ると、李茵がちょうど出てきた。真っ赤な目をしていたが、尋ねるわけにもゆかず、気づかないふりをして、回廊で雨宿りをした。雨はすぐには止まず、黙って回廊をゆっくり端まで歩くと売店があり、一人の老人が扉にもたれて座っていて、中は洞窟のように真っ暗だった。僕は菊花茶を二箱買い、表面の埃を払って、二人で静かに飲みながら、雨の中の耽園を眺めた。雨は石畳の上に落ち、限りなく心を震わす清らかな音を立てた。その日、僕たちの帰宅はとても遅かった。

数日すると、彼女の方からもう一度耽園に行きたいと言ってきた。とても驚いたし、嬉しかった。まっすぐ匿園に行くと、またあの花壇のそばに座った。秋雨の後で枝の紅葉はしっとりと濡れ、ぐっとまばらになっていた。彼女はこの前の態度を説明しようとして、これまであんなふうになったことはなかった、と言った。今日はどう、と尋ねると、やっぱり同じ感じがするという。しゃべっているうちに、彼女はまたひとりでにぼんやりとし始めた。僕は落ち葉を一枚拾って手の中でもてあそび、何も言わずにそばに座っていた。そんなことがいつの間にか何度も重なった。彼女は僕を誘うこともあれば一人で行くこともあり、受験の参考書や小説なんかの本を一冊持って、木の下で日が暮れるまでぽつんと腰掛けていることもあった。一緒に行った時は、僕はただそばにじっと座り、黙って携帯電話をいじったり、考えごとをしたり、彼女をこっそり見つめたりした。彼女はよく本を下ろして、何もせずに目を細め、まつげを震わせながら長いこと身じろぎもせず、まるで光合成をしているようだった。ある時、なぜか頭の中が真っ白になり、彼女が呆けている隙に、勇気を奮って手を握った。彼女はしばらくして我に返ると顔を赤らめたが、何も言わなかった。手は磁器のようにひんやりとしていた。僕はその表情に許しを読み取り、身をかがめてキスをした。彼女は少し震え、ぎこちなく受け入れた。付き合い始めてからも、僕たちは相変わらずしょっちゅう匿園に行った。

彼女と一緒に匿園で座った時間は合計するとかなりの長さになったはずで、丸一日はあったかもしれない。時には僕も自分の空想にふけることがあった。その頃の何年か、僕は荘子を愛読していて、よくわからないままショーペンハウアーを読んだり、怪異譚をたくさん読んだりして、いくらか神秘主義の傾向があった（今も抜け出してはいない）。はじめはなぜ花壇にこれほど夢中になる人がいるのか興味をひかれ、彼女の奇妙な反応を理解しようとしたが、できなかった。その後になって、何度も繰り返し見た夢を思い出した。夢の中で僕はいつも灰色の屋根の上を歩いており、それは古い平屋根の建物で、延々と続いている。僕は神父に扮したデ・ニーロのように、ある建物から別の建物へと移りながら、通りの人波を慎重に見下ろす。映画の中の狂騒とは違って、その荒れ狂う人の群れは僕を追いかけているのだが、行方を見つけられずに下の方を走り回っている。僕は深い恐怖とひそかな満足感を持って、彼らを見下ろしながら、ひとりぼっちで果てのない屋根の上を漂う……夢の中の屋根がいったい現実世界のどこにあるのかはわからず、もしかするとかつて通ったことのある道の上の方にあったのかもしれないが、何も感じなかった。僕にとってその繰り返し現れる、尽きることのない屋根は、李茵にとっての花壇のような、人生の中の取るに足りない、けれど振り払うことのできない謎で、薄い霧のように生活の背後にたちこめているのかもしれない。その違いは、彼女はめぐり会ったが、僕はめぐり会っていないというだけだ。もし現実に、突然またあの屋根の上に立たされたら、僕はやはり同じような戦慄《せんりつ》と神秘的な安らぎを感じるのだろうか。

ある日、持っていった本を読んでいて、なにげなくめくったページを見て、ふいに悟った。漢の時代、蜀の都に奇妙な井戸があり、その中では常に火が燃えていて、国運が盛んな時には燃えさかり、王朝が衰えると次第に弱まった。のちにある人が蝋燭を一本入れてみたところ、たぶん火をつけようとしたのだろうが、逆にその火は消えてしまった――その年、蜀漢は滅亡した。おそらく、あらゆる物事の間には隠れたつながりがあるのだ。漢の武帝が上林苑〔長安の西にあった大庭園〕を駆けめぐって狩りをしていた時、彼は帝国の運命が一千里も離れた場所の震える炎の中に映されていたことは知る由もなかった。もしかすると、一人一人の名も知れない運命と現実の中の何らかの具体的な物事は互いにつながっているけれど、それがいったい何なのかは知ることができないのかもしれない。人類が亀の甲羅やノコギリソウ、茶の出しがらの形、花びらの数や天体の運行で運命を推測するのは、どれもこうしたつながりの稚拙なまねごとなのだ。あの孤島のような花壇は知らないうちに李茵とつながっていたのかもしれない。あの「尺水」と「寸天」の二つの石が、物質的には何の関係もなく、それぞれの場所で安らかに横たわっているのに、文字の引力を通してぴったりとつながっているように。僕はぼんやりと考えた。自分の運命は深い山の中のある一本の木の生長と関係しているのかもしれないし、海面の刹那《せつな》の波と関係しているのかもしれない。僕の一生の山や谷は雲海の下のとある岩の模様にとっくに現れているのかもしれず、僕と李茵の恋が満ち足りた結末を迎えるかどうかは、銀河系の星の数が奇数なのか偶数なのかによって、あるいは二百年前の今日、耽園に雨が降っていたかどうかによって決まっているのかもしれない……我に返ると傍らの李茵はもう寝入っていて、花壇の上に身体を丸めて横たわり、本を枕にして、手のひらは馬の背をそっとなでるかのように、洗い出しの縁石に置かれていた。僕はコートを脱いで彼女にかけてやった。公園の中は風があり、日差しと木陰が彼女の頬の上に揺れ動き、あたかも何かの表情のようだった。

冬、李茵は叔父さんのところを出て、外に小さな部屋を借りた。七階でエレベーターはなく、最小限の家具しかなかったが、とても嬉しそうで、何日もかけて部屋を整えていた。運んできたいくつかのダンボール箱のうち一つは雑貨を入れたものだったが、どうやら母親のものらしく、ずっと捨てずにいた。彼女の家庭の事情は、本人の口からいくらか聞いていた。李茵はもとは李迎男《インナン》という名前で、成人してから自分で改名した。「迎男」や「招娣《ジャオディ》」という名前には、どちらも同じ悲しい意味〔次は男児が誕生するように、という意〕が込められている。母親は数年前に隣の県で新しい家庭を持ち、男の子を産んだ。李茵は数回しかそこに行ったことがない。二人とも変わり者で、あまり仲が良くなかった。彼女はかつて僕に、母親が自分を愛していないことはわかっている、と言ったことがある。僕はもちろん、考えすぎない方がいい、と諭《さと》すことしかできなかった。父親は離婚後、長いこと音信不通で、噂では鉄鋼やシイタケ、材木の商売に次々と手を出し、一時はとても成功していたそうだ。大学に上がった年に一度姿を見せ、学費を払ってくれた。彼女はほとんど父親と口をきかなかった。ある日の夜、李茵はスーツケースを整理していたらあるものを見つけたと言って、慌てて電話で僕を呼びつけた。僕は服を着替え、バイクの鍵をつかんで部屋を出た。

　着いてみると、それは写真館の封筒で、中には写真が一束入っていた（子どもの頃の写真はほとんどなくなってしまっていたから、彼女はいつもよその家庭にアルバムがあるのが羨ましかったそうだ）。そのうち数枚は母親の証明写真で、もう一枚は子ども時代の李茵が一人で芝生の上に立ち、ラベンダー色の分厚い綿入れの服を着て、手にはシャボン玉を吹くプラスチックの棒を持っているものだった。子ども時代の彼女を見るのは初めてで、明かりの下に持っていき近づいて見た。彼女は写真の端を指さし、ほら、芝生の隅が小さく光ってるの、見える、と聞いた。僕は頷いた。それって水面みたいだと思わない？　僕は、そうみたいだけど、どうしたの、と言った。彼女はいかにも神秘めかして、湖のそばかもしれない、と言った。

　たしか四、五歳の時のある日、両親に連れられて湖畔で料理をしたという。湖畔にはカンナが一面に淡い黄色の花を咲かせ、さらに白く小さなアーチ形の橋があった。父親は当時、スクーターを一台持っていて、座席の前には子どもが一人立つことができた。母親は後部座席に乗った。一家三人はスクーターに乗り、炊事用具を背負い、パタパタと運転してその場所に着いた頃には、もう日暮れが近かった。鉄鍋に水を入れ、石を何個か並べた上に掛けた。父親は近くの林から杉の柴を刈ってきて火を起こした。鍋で煮たのはエビ風味のなると入りインスタントラーメンで、つみれもたくさん入れた。彼女はつみれが「甲天下《ジアティエンシア》〔九〇年代に人気を集めた冷凍食品ブランドで、天下一品の意〕」のものだったことまで覚えていた。カニカマがスープの中で浮き沈みしていた。鍋の中に明るい空が映り、空にはオレンジ色の夕焼けが輝いていた。それは九〇年代の光芒だった。父親は当時まだ商売を始めておらず、あまり金がなく、派手なシャツを着てしきりに何かをまくしたてていたが、何事に対しても常に自信たっぷりなふうだった。母親は崇拝と寛容さの混じったほほ笑みを浮かべて耳を傾けながら鍋の中に調味料を放り込んでいた。夕日が絶えず湖面でちらちらと瞬いていた。だが、もしかすると夕日はなかったかもしれない。食事を終えると父親はスクーターに彼女を乗せてあのアーチ橋を渡り、彼女はなぜかその時でこぼこ道をすごく面白く感じて、笑ったり叫んだりして大喜びし、停めさせなかった。それで父親は彼女を乗せたまま何度も橋を渡った。遊び飽きると彼女は欄干にもたれて長いことシャボン玉を吹き、一瓶まるまる吹いてしまうと、その泡たちが遠くの波光に向かってくるくると漂い落ちてゆくのを眺めた。両親は傍らに立って小声でおしゃべりをしながら彼女の髪をなでた。空はゆっくりと暗くなったが、少しも怖いと感じなかった。その時の料理のことを彼女はのちに何度も作文に書き、忘れがたい思い出となったが、それは書くべきことが決して多くなかったからだった。加工され、歳月の柔らかな光を帯びて、細部にはいくつか食い違いがあったかもしれない。もしかするとそのことははじめから起こってなどおらず、彼女が見た夢か、あるいはテレビドラマを見てストーリーが混ざってしまったのかもしれない。ある時、何気ない口ぶりで母親に尋ねたが、母親はそんなことがあったとは少しも覚えていなかった。父親とはもう長年、連絡を取っておらず、そんな些細なことをわざわざ聞きに行くわけにいかなかった。だからあの夕方やあの湖が本当に存在したのかどうか、まるきり証明しようがなかった。だがその写真は、彼女にわずかな、ぼんやりとした希望を与えた。

その夜、僕は李茵のところで過ごした。深夜に寝つかれず、あの湖のことをしばらく考え、心がすこしちゅんとした。ひとときの思い出を、ともに過ごした人たちがみなとっくに手放しているのに、彼女は今まで宝物のようにしまい込んできたのだ。後にも先にも、あの夕方を語った時ほど柔らかな彼女の表情は見たことがなかった。翌日、彼女が髪を整えている間、あの写真を取り出してしばらく眺め、何なら探しに行ってみようか、と言った。彼女は手を止め、振り向いて僕を見つめ、何を探すの、と言った。この湖だよ、と僕は写真を指さして言った。ほら、この芝生、コウシュンシバだ、四角形の境目がうっすら見えるだろう、人工の草地だよ、天然の芝生じゃない、きっと町のどこかに違いないよ。あの頃、人工の芝生は多くなかった、役所が造成したのがほとんどだ。彼女はしばらくぽかんとしてから頷き、言った。そうだよ、私たちスクーターで行ったんだもん、それほど遠くないはずだよ。その写真はある上製本の間に挟まれて、ずっと枕元の棚に置かれていた。

その年の冬休み中、僕たちはずっとその神秘的な湖を探していた。彼女だけの、九〇年代に輝いていた、存在したかどうかもわからない湖を。山地の小さな町の近くで湖を、あるいは大きめの水場を見つけるのは、それほど難しいこととは思えなかった。僕たちは携帯用の主食と飲み物を背負い、子どもの頃に春のピクニックに出かけたように、小さな町のあちこちを隅々まで歩き回った。李茵は終始、興奮気味で（その後のデートで彼女は二度とそんな元気を見せず、いつも通りの冷淡さを取り戻し、僕の様々な提案にも常に興味を示さなかった）、でも体力はさほどなく、しばらく歩くとすぐに休まなければならず、唇は血の気を失った（後から思い返すと、それももしかしたらある種の兆候だったのかもしれない）。僕たちは売店を見つけて腰を下ろし、小腹を満たした。当時はスマートフォンが登場して間もなく、僕は町の地図を指先で拡大したり縮小したりしながら、物珍しさを感じていた。この古い町にこんなにたくさんの隠れた場所があったなんて、初めて知った。僕たちは北東から西南へ向かって一つずつ当たっていき、まず街中を、その後は郊外を歩き、芝生がある場所、つまり緑化された土地を重点的に調べた。食料備蓄庫、冷凍工場、菌株培養所、宗教施設、古木管理事務所などの、辺鄙な場所にある施設へ先に行き（辺鄙でない場所はどこも知っているから行く必要がない）、考古学的な視点でそれらの古い建物や大きな庭、樹木を観察した。それらは路地の奥深くや高い坂道の上に身を潜めた敗残兵のように、どれも兵馬俑みたいな色をしていた。その後は車で周辺の町や村、村の外の淵《ふち》、山間道路のそばのダムを一つ一つ見て回った。まめに聞き込みもした。最初に同僚の体育教師（十年以上前、僕は彼の生徒で、今では同僚になった）のことを思い出した。彼は僕たちの県の寒中水泳チームのリーダーで、山間の水場はすべて知っていた。もし近くに湖があるのなら、行ったことがないはずはない。彼は数か所を示し、僕たちは一つ一つ見に行ったが、どれも違っていた。人力車やタクシーの運転手にも聞き、いくつか手がかりを得たが、全部空振りだった。李茵は勉強をしなければならず、僕のように暇ではなかったから、探索の旅は週二回から一回へ、ひと月に一回へと次第に変更されてゆき、しまいには諦めてしまった。最後に彼女は言った。見つからないのも悪くないよ、解けない謎っていうことにしよう。僕は慰めようとして、この先、僕たちに子どもができたら、湖のほとりで料理をしよう、と言った。彼女は僕を白い目で見た。結果として何も収穫はなかったが、その頃は本当に楽しかった。

こうしてまた数カ月が過ぎていった。彼女は試験の準備をしながら、相変わらずしょっちゅう匿園に行ってぼんやり座っていた。僕は毎日授業の準備をし、授業をし、雑多な本を読んだ。カエデは新しい葉をいっぱいに飾りつけ、萌黄《もえぎ》色から深緑へと移り変わった。僕たちはもう半年以上付き合っていた。多くの恋愛と同じように、僕たちの場合も奇妙な始まりと平凡な中盤（その後はあっさりとした結末だ）があった。初めての甘美、初めての言い争い、喧嘩、仲直り、次の喧嘩、仲直りした後の睦《むつ》まじさと、少しずつ明らかになるわかり合えない部分。僕はもうその恋を広大な星空に結びつけるような想像はせず、ただその限界を冷静に悟り、できるだけゆるやかに前へ歩むだけだった。授業のないある日の午後、彼女の勉強を邪魔したくなくて、以前の級友の職場を尋ねた。事務所には彼と、パソコンに顔をうずめた一人の中年男性しかいなかった。僕たちがお茶を数杯飲んでおしゃべりしていると、突然窓の外に奇妙な音がして、真っ黒い大きな鳥がバサバサと翼をはためかせて入ってきた。尖ったくちばしに長い爪、さながら漆黒の悪夢で、まるっきりヒッチコックの映画の中から飛んできたばかりのようだった。それが近づくのを見て、僕は驚いて立ち上がった。元級友と中年男性はその様子を見て、大声で笑い出した。男性が腕をあげると、黒い鳥は慣れた様子で彼の分厚い肩の上にとまり、翼をぶるっと震わせ、冷たい目で僕を見た。男性は変人だった。同僚たちに鳥おじさんと呼ばれていて、鳥を飼育するのがとてもうまかった。黒い鳥は長年飼っている九官鳥だった。ペットショップで買ったのではなく、初夏の頃に自分で野外に行ってつかまえたのだ。秘訣があり、一度に何羽もつかまえてじっくりと選び、気に入らないものは放して一羽だけを残した。幼鳥の頃から心を込めて世話をしたため、その九官鳥はとりわけたくましく、賢く、美しく（？）なった。毎日出勤する時もかごに入れず、九官鳥は上空をつかず離れず飛びながら、一緒に職場へやってくる。窓を開ければ室内に飛び込んでくる。仕事中はビルの外の林で遊び、自分で食べ物を見つけており、時々ビルの上から鳴き声が聴こえる。退勤する時、林の辺りで手招きをしてしばらく待つと、飛んできて一緒に帰宅する。僕はその話を聞いてあんぐりと口を開けてしまったが、鳥は確かにここにいるのだから、信じないわけにはいかなかった。小さな町ではどうやら都会よりもいっそう風変わりな人間が許容されるものらしく、その手の変人はいたるところにいて、たいして珍しくもなかった。鳥おじさんのもう一つの趣味は鳥の写真を撮ることで、週末にはカメラを提げてあちこちをぶらついていた。公園、林、湿地帯、郊外の野山、どんなに遠くても行った。長年にわたり撮影し、写真集を一冊、自費出版までして、数十部を印刷して色々な人に配った。質問を重ねると、おじさんは引き出しから一冊取り出して見せてくれた。失礼にならないように、しかたなく適当にめくってみた。牛の背中に乗ったサギ、ハトの群れ、ハヤブサ、キツツキ、キンケイ。構図やなんかはどれも悪くなかった。数羽のハイイロガンと一対のオシドリを撮った二枚が僕をひきつけた。写真には水場が大きく映っていた。どこで撮ったのかと聞くと、彼は覗き込んでしばらく考え、山の下のダムだろう、と答えた。僕はああ、と頷いた。そのダムには行ったことがあり、周囲は一面の野原で、水位が低い時には湖岸の赤土がむきだしになり、芝生はない。少しして彼はまた言った。ああ、ガンはダムで撮ったんだ、オシドリは池で飼っていた。どこの池ですか、と僕は尋ねた。おじさんは答えた。退職幹部管理局の裏のゲートボール場の外に、昔は池があったんだ。ある年、どこからだったか、二羽のオシドリを手に入れて飼っていたが、長く育たなくて、死んでしまった。生きていた頃に行って撮ったんだ。僕は、少し前にそこに行きましたが、池はなかった気がします、と言った。とっくになくなったよ、と彼は言った。駐車場になったんだ。二〇〇〇年頃にはまだあった。

僕は慎重に、いきなり橋のことを尋ねるのは避けて、まず湖のこと、いや、池のことを聞いた。そこにカンナはありましたか、黄色のです。そんなこと覚えてるもんか、と彼は言った。それもそうですね、と僕は言った。じゃあ、アーチ形の橋はありましたか。彼は、ああ、あったよ、と言った。首筋から温かいものが立ち昇ってきて、全身の毛が逆立った。オシドリが橋の下をくぐる写真も撮ったんだが、角度が悪くて尾羽しか撮れなかったから、本には載せなかった、と彼は言った。そこで僕は、当時そこで撮ったほかの写真を見せてもらえないか頼んだ。子どもの頃にそこに住んでいて、少し懐かしいから、と理由をでっちあげて。彼は快く承諾し、でも今日は仕事の後で結婚式に出席するんだ、酔っぱらうかもしれない、明日は週末だから探してみる、見つけたら月曜に見せるよ、と言ってくれた。僕は了解し、ビルを出ると李茵に電話をかけた。

退職幹部管理局の裏のゲートボール場は、以前通り過ぎたことがあった。その日の夕方に駆けつけてみると、数人の老人がスティックを持ってプレー中で、離れて見るとゲートボールはまるでスローボタンを押したスポーツのように、いくぶん奇妙だった。裏手に回ると予想通り駐車場で、さらに奥へ行くと空き地があった。車は何台も停まっておらず、やけにだだっ広く見えた。ゲートボール場の砂地と駐車場のセメントの間には芝生が敷かれていた。本当にここかもしれない、と李茵が言った。また変な感じがするの、と尋ねると彼女は、そうじゃないけど、芝生や橋や池は小さな町にそれほど多くないでしょ、きっとここだと思う、と言った。彼女は当時小さかったから、池が湖のように大きく感じられたか、あるいは記憶の中でそれを何倍にも拡大したことは十分にあり得る。写真が見つかればわかることだ。僕は、ここは役所の土地だろ、確かに裏手は空き地で塀もないけど、野外調理なんてさせてもらえるのかな、と言った。たぶん週末だったか、退勤して誰もいなくなってから、父さんが私たちを連れてこっそり入り込んだんだと思う、と彼女は言った。彼のいつものやり方のように。僕は駐車場を歩き回り、セメントに数か所、ひび割れがあるのを見つけた。ひび割れは途切れ途切れに楕円形をなしていて、僕は李茵に、池はたぶん本当にあったんだ、南側のこの辺りのはずだ、駐車場にする時に掘削や埋め立てをきちんとやらなかったから、地盤がゆるくて、この辺りが少しずつ陥没したんだ、ほら、セメントに少し亀裂がある、と言った。彼女は取り合わず、その亀裂を足で踏みながら、駐車場を長いこと徘徊していた。

僕たちはうわの空の週末を過ごした。月曜日、授業の合間に鳥おじさんに電話をすると、彼はすぐさま、写真は昨晩見つけた、一束あって、職場に持ってきた、と答えた。何度もお礼を言って、授業が終わるとすぐに受け取りに行き、中身は見ずに李茵のところへ持っていった。端が少し破れた茶封筒に入っていて、とても分厚かった。僕たちは顔を寄せ合い、暗号電報を開封するかのような喜びと不安を同時に感じた。彼女は注意深く写真の束を引き出すと、一枚一枚テーブルに並べて見ていった。全部オシドリと池で、ほかにはなかった。数枚は、背景に本当にアーチ形の橋があった。フォーカスが外れて、白いカーブがぼんやりと幻のように写っていた。一枚は橋桁の一部が水に映っていて、まるで皺が寄った白い紙のようだった。一番鮮明なものは、二羽のオシドリが橋の下を泳いでくぐろうとしている例の一枚で、位置はちょうどよかった。この橋よ、そっくり。彼女は驚いて言葉を失った。そして丸一日ぼんやりとして、時々写真を取り出して眺めた。眠る前にも眺め、ふいに写真のある箇所を指さし、僕を呼んだ。行ってみると、初めはわからなかったが、気づいて呆然とした。青緑色の水面。二羽のオシドリがゆったりと橋の下へ向かって泳いでいる。その後ろに八の字形に波紋が広がる。僕は上の方の灰白色の欄干に気がついた。よく見ると、ただの灰白色ではなく、暗い空に一面の雪が舞い散るように、灰色と白が入り混じっているのだった。その間には細かな、きらきらと緑色に光る点が、まるで翡翠でできた星々のように散らばっていた。

その夜、僕たちはほんの小さな、けれど長いこと続いていた謎を解いた。僕のあの幻想は破れた。宇宙には何か秘密のつながりがあるわけではなくて、人の記憶がいつも無関係の物事を一つに結びつけるのだ。記憶の真偽を確かめようがない時、記憶が呼び起こす感情はいくつかの細部に隠される（八、九〇年代特有のきめの粗さときらめきのように）。同じ材質に対する同じ感覚が、二つのはるかな時をつなぎ合わせたのだ。彼女の幼年期に最も輝いた黄昏と、何年も後の匿園の陰鬱な午後を。彼女は写真を握りしめ、近づいて僕の肩に顔を伏せた。それは僕が見た二度目の、そして最後の、彼女の泣き顔だった。数年後に別れた時、僕たちは二人とも落ち着いているように見えた。

彼女は大学院に合格して北方の都市へ行き、それから結婚してもう一つの北方の都市へ移ったという噂だった。僕は相変わらずふるさとに残って高校地理を教え、等高線や大陸の輪郭を描いていた。毎日本を読み、散歩をし、それから見よう見まねでコウテンシを一羽飼って楽しんだ。あのどこまでも続く屋根を、時にはあの湖をたびたび夢に見た。それは虚構の事実で、その後は神秘的な思い出になり、最後は傷心の慰めになった。今では記憶になった。それは夢の中では行き着くことのできない背景で、天の際《きわ》に入ったひとすじのオレンジ色の閃光だった。数年後、李茵が亡くなったことを、もう亡くなってずいぶん経つことを人づてに聞いた。病気だったという話だが、何の病気かすら知るすべがなかった。わざわざ人に頼んで確かめてもらうのもおかしな話で、諦めてしまった。そのことを知った日の夜、僕は儀式のようにかつてのことを追憶した。いくつかのエピソードが、雨の夜に灯火をかすめてゆく雨糸のように、あてもなく意識をかすめた。ほとんど抽象的に近い哀しみを感じた。哀しみは想像したほど長く続かなかった。いくらか気がとがめたが、その感情も、瞬く間に過ぎていった。
秋、父に付き合って耽園を散歩した。あの分かれ道に差しかかり、僕はふいに少し待ってと言い、父を置いて竹やぶをかき分け、飾り塀の後ろにもぐりこんだ。長い年月を経て、僕は再びあの荒れ地に足を踏み入れた。キジバトが数羽、深い草むらから驚いて飛び出し、生い茂るコノテガシワの枝に隠れた。もうすぐ日が暮れる。あのカエデはもうなくなっていた。伐採された跡すらなかった。洗い出しの花壇もまるで草むらの奥深くに沈んでしまったかのようになくなっていた。僕はそこでしばし立ち尽くし、ふいに思った。漢王朝が滅亡した時、井戸の底の炎も消えてしまった。暗闇の中でつながっていたものが、ともに暗闇の中で消滅したのだ。長い時間が過ぎ、外で呼ぶ声が聴こえ、僕は身を翻して出ていった。匿園は僕の後ろで少しずつ消えていった。

二〇一八年十二月十三～十四日

尺波

一九五〇年の初春、屏南と建甌《けんおう》〔どちらも福建省北部にある県〕の県境で起きた東峰尖《とうほうせん》匪賊討伐戦争の戦火が、偶然、上空を飛んでいた一羽のハヤブサの暗褐色の瞳に映った。今しがた上がった二度の巨大な物音は彼を天空の奥深くへと押し上げ、山々はたちまち小さくなって濃緑色の波紋になった。新兵の陳蕉《チエンジャオ》の表情と銃を掲げた姿はひとすじの陽光にその場所を奪われるまでハヤブサの意識の中にひととき残った。白煙が陳の銃口から拡散し、傍らの灌木はまだざわざわと揺れ動いていた（敵の一発は当たらなかった）。彼は銃を下ろし、大きくあえぎながら前進した。地面に倒れている死者は足長鹿《あしながじか》と呼ばれる匪賊の若い頭目で、砦が破られる前に混乱に乗じて逃走し、民兵を一人負傷させ、陳蕉にこの地まで追跡された。陳は死者の銃を取って腰にさすと死体を引きずっていこうとしたが、重すぎるので道端に印をつけ、来た道を戻ろうと考えた。すでに日が暮れており、林の中の夕靄《もや》は次第に濃さを増し、はじめは樹木の真っ黒い輪郭を際立たせていたが、その後はそれも消し去ってしまった。ひややかな鳥の鳴き声が地下から立ち昇るように何度か聴こえた。早春の枯れ枝。分厚い青苔。泥。獣の足跡。陳は自分が六十年後、目の前のすべてを孫に描いてみせるであろうことなど思いもよらず、ただその場から早く立ち去ることだけを考えていた。彼は肩のガンベルトをしっかりと締め、苦労して道を見分けながら靄の中を歩いていった。

二〇一五年の冬、僕は蒲松齢《ほしょうれい》[*1]の筆遣《づか》いをまねて閩東《びんとう》地区〔福建省東部〕の山野奇譚を数篇書き、翌年、『尺波《せきは》』という名の雑誌に発表した。編集長の張煥《チャンホアン》はそのうちの一篇「夜更け」に興味を持ち、それが事実なのかどうか何度も僕に確かめた。その短編は、祖父が匪賊討伐戦争に加わった時に山で幽霊に遭った経験を書いたものだった。去年の晩秋、『尺波』は鉄甌山《てつおうざん》風景区で作家イベントを開催し、僕は招かれて参加した。初日は作家座談会で、そういうイベントに参加するのは初めてだったが、全員で円陣を組んで座り、文学が起こす様々な症状を共有し合うのは、まるで海外の患者交流会のようだと思った。翌日は景勝地の観光で、運動とは無縁な僕は山に登る時に張煥とともに集団から遅れてしまい、諦めて雑談をしながらのんびり歩いた。彼はその山には何度も登っていて、景色はごく普通だ、そばのロープウェーに乗った方がいいと言った。そこで僕たちは集団から離れた。それは意図的に仕組まれたことのように感じた。ゴンドラに乗り込み、無表情の係員が外から厳重に扉を閉めると、ロープウェーは雲の中へと滑っていった。旧式のロープウェーで、とてものろかった。二つのゴンドラがすれ違い、循環する方式だ。窓の外を眺めるとほかのゴンドラは雲の中を見えつ隠れつして、山の上の数珠のように形のない手にゆっくりと引っ張られていた。張煥はロープウェーが一番好きな乗り物だと言い、僕もそうだと言った。しばらく沈黙したのち、彼はふいに、僕のあの「夜更け」について語り出した。

初めて読んでから何日も気にかかっていて、どこか奇妙な既視感を感じ、ある記憶の一部と重なっているような気がしたという。その原因はのちに明らかになった。それは彼が何年も前に旅の途中で見た一本の映画か、あるいは見た夢だった。当時、彼は隣の市の博物館に南アジアの古代兵器の展示を見に行った。クリスダガーの刃文とクジャンナイフの曲線が極めて深い印象を残した。帰り道、長距離バスの車内テレビで香港の古い武侠映画を上映しており、若い剣客が決闘の準備をし、剣の奥義を会得して、恋人に別れを告げていた。張煥は眠ってしまった。目覚めるとすっかり日が暮れていて、車内は異様に静まりかえり、明かりはついておらず、乗客はみなもう寝入ってしまったようだった。映画は別のものになっており、彼は眠気がなくなったので見始めた。あたかも周囲の物事がすべて消え失せ、彼とその光る画面だけが残り、真っ暗な宇宙に浮かんで、同じ速度で前へと疾駆しているかのようだった。

映画の冒頭は一本の剣の描写だった。奇妙な形の短剣だ。刀身は真っ黒く、表面には銀色に光る刃文があり、ふちは薄靄のようにぼんやりと青く光っていた。湾曲し、蛇のような形をしたクリスに似ていたが、そこまで奇怪な曲線ではなく、うねる河の流れを思わせた。カメラはごくゆっくりと刀身に沿って移動し、その上の刃文をじっくり見せようとしていた。繰り返し鍛えられてできた刃文で、流れる雲や水、あるいはマツの樹皮の模様のように、しなやかで美しかった。刃文は自在に変幻した。下へ行くほど細密になり、流動しながら切っ先に至り、点状になって、さながら砕け散る波か、光り輝く星のようだった。張煥は古書の中の雪花鑌鉄《せっかひんてつ》〔『水滸伝』の豪傑、武松が手に入れる剣の材質〕を連想した。文物ドキュメンタリーだな、と思った時、物語が始まった。

　剣がゆっくりと消えてゆく。国王が寝台で目覚める。衣装からしてある島国の君主で、マジャパヒト王国[*2]か、虚構の部落かもしれない。国王は悲しげな表情をしており、何度もその剣を夢に見たのだが手に入れることがかなわず、求める心が日増しに高まっている。刃文はいまだに目の前にちらつくのに触れることができない。王は酒肴《しゅこう》や側妻《そばめ》、殺戮、歌舞のいずれにも興味を失い、抜け殻のようになり、憔悴しきっている。羽根飾りの服をまとった占い師が、見知らぬ物事をはっきりと夢に見、なおかつそのような夢が一度にとどまらないなら、その物事は実際に存在しているのだと告げる。王は至上の権力を行使して、あらゆる場所でそれを探すことができる。こうして国中で最も優れた刀鍛冶を宮中に召し出し（名前は欧耶茲莫葉《オウイエツーモーイエ》＊3とか何とか言ったが、忘れてしまった）、夢の剣の形を詳しく語り、黄金で誘惑し、死をもって脅し、期日までに同じ剣を献上せよ、大きさから文様まで、夢の剣と寸分も違ってはならぬと命じた。

　刀鍛冶は居所へ戻ると、炉の前に腰を下ろして考え込んだ。国王が語った剣は決して荒唐無稽なものではなく、そのようなくねくねとした、刃文の自在に変幻する剣のことは、父から一度聞いて知っていた。それは彼の家に代々伝わる秘法だが、あまりに途方もないため、未だ誰も試したことはない。王は宮中に秘蔵されていた極上の隕鉄を賜ったから材料は問題にはならず、鋳造の腕も二の次で、秘法において最も重要なのは焼き入れ時の焼刃土《やきばつち》だ。彼は香料と毒薬、酒を用いて剣に焼きを入れ、色々の奇妙な効果を持たせる手法に精通している。だが秘法に必要な焼刃土は九千の夜を通して煎じつめなければならず、時間が絶対に足りない。彼は一日中ぽつねんと座り、瞑想に入る。暗闇の中で、いくつもの頭や腕を持つ凶悪な顔つきをした神々に祈りを捧げる。最後に彼は、剣の無数の形状はすべて炎の中から生まれるのだから、剣を打つことについても炎に祈らない理由はないと思い至る（ここで効果音が鳴る）。あらゆる形象を込めた炎よ、炎の中に住まう真の神よ、わが祈りを聞き届け給え……彼はぶつぶつと、張煥には聞き取れない言葉をつぶやく。しばらくすると刀鍛冶は神の言葉を感じる。それは陽光が触れるのに似て、音はなく、形容もしがたいが、確かな熱を感じ取ることができる。神は、夢の物は夢の中で探さねばならない、と告げる。刀鍛冶は身を震わせながら、しかし時間がありません、と答える。神はそれに対して言う。夢の中では時間はさして重要ではない。その場所で私は永遠に消えることのない炎をおまえに与えよう。さあ、剣を打ち始めるがよい。

刀鍛冶が目を見開くと、目の前には震える炉の火がある。身体を起こして一人の中年男を呼び、それはどうやら彼の息子らしく、手伝いを命じて隕鉄を製錬し始める。製錬と鍛錬は三日間、休むことなくおこなわれる。火花が散り、赤い光が梁の上で揺れる。三日目の夜、刀鍛冶は息子に、打ち続けよ、夜明けまで止めるなと言いつけると傍らに横たわり、深い眠りに入る。父はひどく疲れているのだ、と息子は思う。

画面は刀鍛冶の夢の中へと切り替わる。彼は一面の荒野におり、星影はおぼろで、遠くに火の光がちらついている。向かってゆくと炎のそばに一人の老人が座っており、振り向くとそれはなんと彼の父なのだが、亡くなった時よりもっと年老いている。彼はひざまずくが相手は取り合わず、ただぼんやりと膝を抱え、ひとしきり炎を見つめたかと思うと、空を見上げたりしている。刀鍛冶は、これが秘法なのだと悟る。刀身は隕鉄で鋳造するが、隕鉄は夜空の星屑だから、夜空そのものを煮つめた液体で焼き入れをしなければならないのだ。その液体は玄漿《げんしょう》と呼ばれ、一振りの剣に必要な量は、九千の夜を費やさなければ得られない。彼は父の傍らに壺が一つ置いてあることに気づくが、中にどれだけ入っているのか尋ねるのは憚《はばか》られ、炎のそばに礼儀正しくひざまずいている。父の亡霊は彼が災難に遭うことを予見しているに違いなく、息子の運命と栄誉のため毎夜ここで炎を守り、息子に代わって玄漿を精製しているのだと考え、彼は胸がいっぱいになる。長い時が過ぎ、どうやら夜明けが近づいた頃、父が壺を炎の中に入れると炎の舌がその周囲を取り囲み壺を持ち上げる。満天の夜空が黒く細かな砂のように壺の口に吸いこまれ、空はいよいよ明るくなり、壺は漆黒のどろりとした液体で次第に満たされ、表面は黒みを帯びた青い光沢に覆われ、壺の底では小さな銀色の塵《ちり》が渦巻き、彼は、それは星屑なのだと悟る。空はすっかり明るくなる。周囲は初めて目にする植物ばかりで、天の際《きわ》の山々の稜線もひどく見慣れぬものだ。父は口もきけないほど疲れ切った様子で、その玄漿を飲めという仕草をする。彼は戸惑うが、壺を取り上げ、やっとの思いでそれを飲み干す。画面がぼやけてきて、カメラが揺れ、彼は倒れる。手を伸ばしてつかもうとするが、父は彼を支えない。意識を失う前に、父の肩に、肩から肘にかけてひとすじの傷跡があることに気づく。

目覚めると、息子が槌《つち》をふるう影が壁に躍《おど》っている。身体を起こし、壁に向かってしばらく呆然と座り、何ごとかを悟ると、悲痛な表情で匕首《あいくち》と壺を手に取り、自分の腕を注意深く切り裂く。黒い液体があふれ出て、壺の中に流れ込む。槌の音が止み、刀鍛冶は打ち続けよと叱りつける。しばらくして黒い液体が流れ尽くすとようやく真っ赤な血が流れ出し、その違いがくっきりと際立つ。息子はほとんど傷の手当ても忘れてしまうほどに驚き恐れる。手当てを終えると刀鍛冶は薬草を噛み、いくらか体力を持ち直して、苦痛をこらえ最後の鍛錬を終える。真っ赤に焼けた刀身を取り上げ、慎重に壺の中へ差し入れる。何の物音もない。しばらくすると壺の中の玄漿は半分に減り、刀は水を吸ったように液体を吸い込んでいる。壺が空になり、剣は取り出して見ればすでに曲がりくねり、あたかも水中に逆さまに映った影だ。長さは約二尺〔約六十六センチ〕、黒みを帯びた青で、自在な刃文は絶えず流動し、縛られることのない波浪か、あるいは二尺の深淵のようだ。刀鍛冶はそれを尺波と名づける。金床《かなとこ》に突き立てると何の抵抗もなく突き通る。引き抜くと、金床は何もなかったように完全な姿だ。翌朝、刀鍛冶が剣を献上しようと宮中に参じた時、留守を預かる息子は金床が消滅していることに気づく。

　国王は刀鍛冶が捧げ持つ剣をはるかに望み見て、目を見張り立ち上がる。どうやら夢に見た剣と寸分違わぬようだ。王は刀身をなで、呆けたようにおもての刃文を見つめる。試してみればそれは音も立てずにいかなるものをも貫き、さながら風を切り裂き虚を突き砕くかのようだが、木切れすら裁断することができない。その刃《やいば》はこの世では幻影のようなもの、あるいはこの世の万物がそれにとっては幻影のようなものだ。王と刀鍛冶だけがその刀身に触れることができる。それは彼らの夢の中のものだからだ。尺波の剣にはもとより鞘《さや》はなく、箱に収めることもできず、柄《つか》は刀鍛冶が地面に直立させられるように作り替えた。だがどうやらその必要はなく、王はほぼ一日中剣を手放さない。刀鍛冶は褒美を受け取って帰り、その後は二度と剣を打たず、余生の精力を使い果たしでもしたかのように毎日ぼんやりと座り、日が暮れれば横たわって眠る。

ある時、酒宴の席で、国王は衆人を怖がらせてやろうと剣を振るい宮女たちに向かい突進する。女たちは真っ青になるがかすり傷一つ負わず、王は狂ったように笑い転げる。夜が更けると、剣に貫かれた宮女が一人ずつ消えてゆき、酒壺や扇子が地上に落ちる。刃が触れただけの数人は無事である。刀鍛冶を召し出して尋ねると、刀鍛冶はまるで目覚めたばかりのようにかすれ声で、どうやらそのようらしい、尺波の剣に貫かれたものは徐々に消えてゆくのだと語る。わたくしはただそれを作っただけで、決してそれを理解しているわけではないのでございます。王は頷き、彼を下がらせる。

刀鍛冶は居所に戻り（以前は粗末な木の小屋だったが、今では堂々たる屋敷になっている）横になり、夢を見始める。画面は再びあの荒野へ戻る。同じ草木と山だ。星影はおぼろで、刀鍛冶はゆっくりと歩を進め、静かな場所を選んで正座すると小声でつぶやき、あの永遠に消えない炎を召喚する。

　張煥はここで眠ってしまったらしく、映画がそれで終わったかどうかは覚えていないという。後で思い返すと、あらすじは極めて鮮明だった。彼はこの物語のことを何度も考え、最初はわからなかった箇所がはっと理解できた。刀鍛冶を守護したのは父親の亡霊ではなく、炎の中に住む真の神で、あの老人は父親ではなく彼自身だ。神は彼の願いを聞きいれ、九千の夜の最後の一夜を夢に見せた。彼は初めにその果を手に入れてから、余生の一夜一夜を用いてその因を積み重ねるのだ。あの炎は夜ごとに空の底を焦がし、彼は夜の中から搾《しぼ》り出した液体を一滴ずつ集め、九千の夜ののちにみずからを夢に見、自分に玄漿を飲ませる時を待ち受ける——夢の中の物を現実に持ち帰るおそらく唯一の方法、それは自分自身の一部とすることだ。これなら老人の傷痕も、刀鍛冶のその後の行動も説明がつく。彼にとって、この時から夢は長い苦痛と待ちもうける時間になり、覚醒は休息となったのだ。

　タイトルがわからず、その中の俳優も誰一人として知らなかったため、張煥はその後、あれこれと調べても成果を得られなかった。夢だったのではないかと疑い始めたものの、夢の中であんな物語を考えつけるとは思えなかった。小説にすることを考えもしたが、あの映画が確かに存在する心配もあった。仲間と雑誌を作った時にそれぞれが誌名を一つずつ考え、張煥が何気なく剣の名を口にしたところ最も票が多かった。尺波の元々の意味を推し測ることができた者は誰もいなかった。僕は物語を途中まで聞いて、なぜ彼があの短編を特に気にかけているのかを理解した。その時、ロープウェーはもう降り場についていて、さっきの人にそっくりな係員が近づいてきて扉を開けたが、張煥は彼に、乗ったまま戻る、と言った。係員は無表情で扉を閉めた。ロープウェーは弧を描いて再び空中に戻った。峡谷はその日、雲がたちこめ、ほとんど雲海と言ってよいほどだった。数珠は見渡す限り真っ白な世界の中を少しずつ動き、僕たちはその一粒の中に座っていた。

あの夜、祖父の陳蕉は濃霧の中で道に迷った。よろけながら長い間歩き、耐えがたい疲れを感じていたものの、山中で虎に遭ってはまずいと一本の木に登り、銃を抱いて木の股の上で眠った。夜明けが近いと見て引き続き前進した。霧は次第に散ってゆき、雑草の間に木こりの歩いた小径《こみち》がかすかに見分けられた。ふいに遠くの山のふもとにオレンジ色の光がちらちらと瞬いているのが見え、もしかすると農家の明かりかもしれないと思った。だがそこへ行く道はなく、膝まで届くシダの間を苦労して前進し、スギの林を通り抜けて近づいて見ればそこは小さな谷になっており、炎は谷底で燃えていた。人影が炎のそばにかがみこんでいた。いくぶん奇妙に思ったが肝を据えて歩み寄り声をかけると、その人物は振り向いて彼を見やり、ぼんやりとした表情でまた向こうを向いてしまった。背後から観察すると、灰白色の髪は乱れ、奇妙な身なりをして、むき出しの両腕は異様にたくましく、盛り上がった筋肉を赤い光がふちどっていた。左腕の長い傷跡が恐ろしげに目を引いた。近くの村の狂人かもしれないと祖父は考えた。昔は農村では近親婚がおこなわれており、どの村にもたいていは知的障害者がいた。夜明け前の山はやけにじっとりと冷え込んで、早春の頃とあって祖父は単衣《ひとえ》しか身につけておらず、火のそばに腰を下ろしてしばらく温まり、夜が明けきってから出発しようと考えた。この男がここにいる以上、きっと近くに村があるはずだ。男は祖父を相手にせず、相変わらずぼんやりと火を見つめていた。しばらく火にあたると温かさと眠気が同時に襲ってきたが、うとうとしながら祖父はあることに気がつき、さっと背筋を伸ばした。火の下には燃えかすがなかった。拭ったように何もなく、さながら平地から湧き出した一群《ひとむら》の赤い蓮の花だった。祖父は幽霊に出くわしたと知った。五更《ごこう》〔一夜を五分した五番目、日の出前の二時間〕の頃は幽霊が牙を剥くと言われ、空が明るくなりかけた頃には陰と陽が接するから、幽霊の多くはこの時に動き回るとされていた。祖父は物音を立てずにそろりそろりと立ち上がり少しずつ後ずさった。男は顔を上げると炎の上の空を見つめて呆然とし、まったく何も感じていないかのようで、祖父はいよいよ歩みを速め、山のふもとまで来ると身を翻して駆け上がっていった。ひとしきり走ってから火のそばの男を振り返ってみるとまだ元の場所におり、炎が揺れ動いて影は地上を伸び縮みしている。祖父はわずかに胸をなでおろし、一目散に疾駆して、空がかすかに明るくなり、一人の早起きの村人に出会って道を指し示してもらうまで、ずっと走り続けた。

そのことを祖父は部隊に報告せずにいたが、それは当時の風潮で、迷信だと嘲笑された り昇進に影響したりするのを恐れたためだった。その夜の記憶は確かに彼が徹底した唯物主義者になることをずっと妨げた。何年ものちに公務で東峰尖付近の上鏤《じょうろう》村へ行った。さりげなく例の経験を持ち出し、主人公を友人に置き換えて語った。ある村人が、そういうことはある、地元では「幽霊の夜なべ」と呼ぶのだ、と言った。幽霊も夜なべをするのかと聞くと、村人は、本当だ、本当に鍋で煮込むんだ、粥を煮るように煮るんだ、と言う。ほら、真っ黒い空は鍋の底のようだろう。ある人は、煮込んで食うんだ、そいつは凶作の年の悪霊だ、と言う。またある人は、そいつは修行中で、天地の精髄を吸っているんだと言った。幽霊の炎は山間の平地にあることも谷の下の方にあることもある。その辺りは暗くなると誰も行きたがらない。わしは子どもの頃に夜道を歩いていて、林の向こうに幽霊の炎の光を見たことがある。あの頃は物事の真相が歪められていた、東の方から赤いお天道様が昇って、日が当たったところが明るくなって、そうしてやっと幽霊がいなくなったもんだ。その村で長年教師をしていた年寄りは、自分は幽霊など信じないが確かに奇妙なことはあった、と言った。山では日の出が遅いはずなのに、上鏤村で教えた二十数年間、東峰尖のその一帯はよそより早いくらいで、およそ十五分は早く日が昇ったそうだ。

祖父が亡くなって数年後、できるだけ脚色をせずにあの短編を書いた。幽霊の夜なべの話はよその土地にはないらしく、僕は昔からどこか李長吉《ちょうきつ》*4っぽい傾向があったから、特に気にとめていた。書き上げてから一年後に思いがけず関連の資料を手に入れたのだが、怠けていてどこにも書かなかった。友人のところで民国期の上海のある大学の雑誌『寝于淵《しんうえん》』を手に入れたのだ。一九四六年第十期、魯迅《ろじん》*5先生逝去十周年の特集号だった。「夜を飲む」と題した散文詩が載っており、稚拙なできにもかかわらず注意をひかれた。作者はその中で自分のふるさとの伝説に触れ、ある種の幽霊は夜を煮込んで食べる、と書き、これを魯迅大先生になぞらえていた。「彼が最も濃く苛烈《かれつ》な夜を飲み下すと、空は少し早く明るくなる。人々は歓呼しながら戸を走り出て、山頂では勇士が毒の血に倒れ伏す」。作者は郭雨辰《グオユイチエン》といった。一九四二年から四六年の間に入学したはずだと考え、その大学のある教授に頼んで記録を調べてもらった。長いこと返事がなく、忘れかけた頃に思いがけず調べがついたと連絡があった。その人物は一九四三年にその大学の史学部に合格し、在籍中に党の地下活動に加わり、その後、謎めいた失踪をとげた。原籍は福建省第八行政監督視察区屏南県嶺下郷雲鐔村《れいかごううんたん》だった。調べてみると、その村は何年も前にすでに移転していた。地図で測ると、元の場所は東峰尖から五キロも離れていなかった。

僕が郭雨辰のことを張煥に話そうとした途端、張煥が先に口を開き、その後、また夢を見た、と言った。それは国王の物語だった。王宮の造りやしつらえは前回と少しも変わっていなかった。僕は思わず占い師の言葉を思い出した。張煥によると、国王はすでに年老いていたが相変わらず呆けたようにあの剣をもてあそんでいた。国内ではついに動乱が起こり、反乱軍が宮殿にまで攻め入ってきた。矛《ほこ》の切っ先がぐるりと王を取り囲み、その前にはわずかに数人の負傷した近衛兵が虚しく刃を掲げるばかりだった。反乱軍の首領は、武器を捨てて投降するよう呼びかけた。王は嘆息し、玉座に座り身動《みじろ》ぎもせず、しばし迷うと、手の中の尺波の剣を首領に向けて投げつけた。数枚の盾が首領の前でわれ先にとさえぎったが、尺波はそれらをすべて貫き、護衛兵と首領の胸を貫き、宮殿の石畳に突き刺さると、消え失せた。首領は震え上がるほど驚きいぶかしんで、王を捕らえ、翌日、最も古い刑罰で処刑することにした。翌日早朝、数人の男たちがうやうやしく牢に入ってくると地にぬかずき、反乱軍の首領はすでに王の神通力によって消え失せたと報告した。王は宮殿へ戻り、感慨にふける間もなく数名の学者を召し出して剣の行方を尋ねた。ある学者は、大地は果てしがないのです、陛下、あれは永遠の墜落の中にあるのでしょう、と言った。しかしもう一人は言った。古代の詩人が詠ったように、大地は華やかな織物であり、神と歴代の帝王はこちら側の面に金糸で模様を描きます。反対側には別の模様があり、人はただ夢の中でしかそれを見ることができません。大地は広大な書物の一葉《いちよう》であり、神と歴代の英雄はこちら側の面に史詩を記します。反対側には別の詩があり、人はただ夢の中でしかそれを聴くことができません。王がじっと耳を傾けていると、学者はまた言った。かつてある人が井戸を掘り、一枚の壊れた碑を掘りあてました。銘文には、大地のもう一方の面は夢の世界で、私たちはその世界の夢の中にいるのだ、と書かれていました。王はその言葉を小声で繰り返し、しばらく呻吟していたが、ではわしの剣は、と尋ねた。陛下の剣は大地を貫くでしょう、それにかかる時間は計り知れませんが、千載《せんざい》の後かもしれませんし、次の一秒かもしれません。王は意気消沈し、下がれという仕草をして、金箔の玉座にぼんやりと座っていた。張煥の夢はそこで終わった。

ことは入り組んでいるが、理解不能ではない。僕たちはひとしきり議論して、またそれぞれ物思いにふけった。手がかりが交わるところは間違いなく、刀鍛冶だ。張煥は彼と国王の物語を夢に見た。刀鍛冶は夢の世界で炎を守っている。祖父はその火影《ほかげ》のそばを一瞬、通り過ぎた。僕は山野の伝説と古い大学の雑誌に彼の足跡を見出した。張煥の夢はもしかすると詩の前半を証明し、祖父の経験と当地の伝説は後半を証明しているのかもしれない。僕たちは口をつぐみ、どうやら同時に思いついたようだった。大地のもう一方の面で、もしかすると誰かが雲の中のロープウェーを夢に見、この会話を聞いているかもしれない……だがあのすべてを貫き、あらゆるものを無に帰す剣は、暗闇の中を知り得ぬ速さで進み、昼夜となく僕たちに向かって疾走しているのだ。ロープウェーの動きは極めてのろく、移動しているとはほとんど察せられないほどだった。窓の外は雲がおぼろにたちこめ、先ほど青緑色の影が通り過ぎたが、この時はもう何もなくなっていた。一瞬、僕は大地がすでに消滅を始めたのではないかと疑った。

その夜、僕たちは居酒屋で宴会をした。僕は飲みすぎ、盃の中で揺らめく酒を見つめながら、物質の間には不可思議な流転があり、祖父が昔通り過ぎたあの濃霧が、長いこと漂い、流れ、蓄えられて、最後に酒となってこの盃になみなみと注がれ、今この酔いをもたらしているのだと、朦朧《もうろう》としながら感じていた。酔いながらまたあの剣を思い出した。あの真っ黒く、暗闇に潜む剣。あのくねくねとした刀身と、妖しく華やかな刃文を思い描かずにはいられなかった。この先、僕はそれを夢に見るだろう。一度また一度と、おののき、魅入られながら夢に見るだろう。

二〇一九年三月六日

＊1　**蒲松齢**　一六四〇～一七一五。清代の文学者で怪異小説集『聊斎志異』の著者。

＊2　**マジャパヒト王国**　一三世紀末から一六世紀初めにかけてジャワ島中東部を中心に栄えたヒンドゥー教王国。

＊3　**欧耶茲莫葉**　欧耶茲は欧冶子《おうやし》、莫葉は莫耶《ばくや》の当て字。欧冶子は春秋時代末期越国の刀鍛冶師で、莫耶はその娘。

＊4　**李長吉**　中国唐代中期の詩人、李賀（七九一～八一七）のこと。詩にはしばしば幽霊や妖怪、超常現象が登場する。

＊5　**魯迅**　一八八一～一九三六。中国の小説家、思想家。

音楽家

伯牙《はくが》乃《すなわ》ち琴を舎《お》きて歎《たん》じて曰く、
「……夫《そ》れ志の想像すること猶《な》お吾《わ》が心のごとし。
吾れ何《いづ》くに於《お》いてか声を逃れんや」と。　――『列子』湯問篇

一　雨夜のサクソフォン

一九五七年の秋の夜の霧雨（あるようでないような、だが確実に存在していた霧雨だ）は僕の想像のレニングラードの上空をひらひらと舞い、雨の糸は風に乗ってそぼ降り、あの灰色の建築群の外壁を色濃く濡らし、温かな黄色い灯火の漏れるいくつもの窓をぼんやりとに

じませ、続いて街道へとこぼれ、虚構の傘の上で絶え間ないさらさらとした音になった。傘を持つ男はコートの襟を立て、黒い中折れ帽をかぶり、通り沿いのシナノキの下に立ち、まばらな黄色い葉を隔てて通りの向かいの一九号アパートをじっと見つめていた。そこは西部郊外の静かな古い通りで、夜は出歩く人も少ない。地面には不揃いな石畳が敷かれ、濡れた後はつるつると黒ずんで、巨大生物の鱗のようだ。GAZ《ガズ》〔ロシアの自動車メーカー〕の自動車が通りの暗がりに斜めに停まり、濡れそぼった車の屋根には黄色の葉がすでにたくさん貼りついていた。オレンジ色の小さな火がいくつか、フロントガラスの向こうで秘密めかして揺れ動いている。

一九号アパートは五階建てのコンクリート造りで、通りに面した窓はこの時、半数にまだ明かりがともり、ほぼ例外なくカーテンを引いて、曖昧な灯火の一つ一つがひそかに何かを企んでいるようだった。一時間前、三階のある夫婦が声をひそめて何言《なんこと》か言い争いをした。どこからかソテーするジュウジュウという音が聴こえる。子どもの泣き声。ドアとドア枠がぶつかる。長く尾を引く犬の鳴き声は、荒野で鳴いているかのように寂しげだ……一〇時を過ぎるとこうした物音はすべて夜色に吸い込まれ、傘の布に雨のあたる音だけが絶えず耳に届き、それは木の下の男のわずかな妨げとなった。彼は静寂の中でもう一つの音を探していた。一一時一五分、雨はいくらか強くなった。待ち受けていた楽《がく》の音《ね》がついに現れた。それは五階の東側からこそこそと漂い出し、細く長く伸び、調べは奇妙だが軽やかで、まるで窓の外の雨の糸をもてあそぶかのようだった。男はしばらくじっと耳を澄まし、音の発生源は五階の一番東の窓だと確信すると、街灯の下へ歩いてゆき、さっと傘を閉じた。それが行動の合図だった。通りのあの自動車の前後のドアが同時に開き、似通った服装をした三人の男が飛び出して速足で近づくと、傘の男とともにアパートの入口に突進した。

区の警察署は数日前、近頃そのアパートで深夜に禁制楽器を演奏している者がおり、音からしてどうやらサクソフォンのようだという匿名の通報を受けた。そうしたブルジョワの退廃的情緒をまき散らす楽器はレニングラードではもう絶えて久しかったために、警察は事態を重く見た。一九四七年にはすでにソ連各地の大都市でサクソフォンが強制的に徴収され、集中的に破壊され、ジャズ演奏家たちは次々と転職するか、さもなくば強制労働収容所《グラーグ》に入れられた――スターリンはジャズが嫌いだったのだ。後継者であるフルシチョフは音楽に対して寛容な時も厳格な時もあったが、ジャズへの嫌悪は終始一貫していた。絶え間なく精神汚染をまき散らすサクソフォンを所有することは、禁止されたレコードをこっそり聴くこととはまったく違う。後者は共産主義青年同盟《コムソモール》に批判され、人事ファイルに記録されればそれで済む。だが前者はずっと悪質とされ、ともするとシベリアの寒風の中、何年も岩を叩かざるを得なくなった。

私服警官たちはもう三晩も張りついていた。演奏者は警戒心が強く、初日は夕刻に途切れ途切れに数回吹いただけで位置を特定できなかったが、それが確かにサクソフォンの音であることは確認できた。二日目は何の動きもなかった。今夜その者はついに警戒を解いたが、それはもしかすると雨音という隠れ蓑があったからかもしれない。

深夜のノックはアパートの静けさをひときわ引き締めた。はっと目を覚ました人たちはみな息をひそめ、今しがた叩かれたのは自分の部屋のドアだったのではないかと疑った。五階の楽器の音は警官たちの足音が階段に響いた時にはすでに止んでいたが、かまうことはない、楽器は空中に消え失せたりはしない。拳は一度また一度とドアに打ちつけられ、慌てず途切れず、威厳をもち、決然としていた。彼らが今にもドアを破って入ろうと身構えた時、それはそろりそろりと開かれた。

部屋の主はイワン・イリイチ・ヴァルキンという二十二歳の大学生で、警官の一人が彼の情報を手帳に記している間にほかの数人はすでに捜索を始めていた。みなさすがに手慣れたもので、十分間のうちにあらゆる戸棚や引き出しは開かれ、カーペットはひっくり返され、ソファは切り裂かれ、本や衣類、ソファの中から掻き出されたスポンジは床に投げ捨てられた。意外にもサクソフォンは影も形も見つからなかった。大学生は捜索を受けた理由がわからない様子で、一冊の本を拾い上げて前に掲げると、怯えながら、これらはみな審査を通った書物であり、あなた方はゴーリキー文集をこのように乱暴に放り投げるべきではない、と言った。一人の警官がもう一人に向かって、部屋を間違えたのではないか、ととがめるような目つきをした。後者は無実だという表情を浮かべた。傍らの隊長は内心、スターリンがいた頃を懐かしまずにはいられなかった。あの頃は実物のサクソフォンなど必要なく、存在する可能性さえあれば、この若者を監獄に放り込むには十分だったのだが、と。ここ数年、この種の手続きはやや複雑になった。彼は窓辺に近づくとタバコに火をつけ、無意識に通りを見やった。不可能だ、この高さからサクソフォンを石畳の道に放り投げれば、その音は銃声より小さいはずがない。彼はやはり大学生を連行し尋問することにした。こういう若僧は数日眠らせなければすぐに真実を吐く。彼は背後のヴァルキンがすでに真っ青な顔をしていることに気づかなかった。もしもその時、隊長がうつむいてよく見れば、目の前の手のひら二つ分ほどの広さのセメントの窓台の下に細い鉄の鎖が釘でしっかりと固定され、壁際に木箱が一つ吊り下げられているのを発見しただろう。木箱の表面にはセメントが塗られ、壁によく似た色をしていたから、たとえ昼間に通りや向かいのアパートから眺めても箱の存在に気づくことはなく、せいぜい窓台の下の壁の一部がせり出しているように見える程度だった。箱の中には厚手の布が敷かれ、ヴァルキンが数週間前に何人もの手を経て闇市から買い戻したサクソフォンが包まれていた。それは先ほど彼がドラムのようなノックの音の中で慌ただしく分解して隠したものだった。

隊長がタバコを窓台に圧しつけてもみ消し、振り向いて言葉を発しようとした時、楽の音が再び鳴り響いた。人々ははっきりと、音が隣室から発されているのを聴いた。曲調は少し異なるようだったが、音色は明らかにサクソフォンだ。数人の警官が先ほど建物の下で梢を見上げていた男をナイフのような目つきで一瞥すると揃って出てゆき、散らかった部屋と驚き醒めやらぬ大学生を置き去りにした。隣室のドアは数回叩いただけで開き、開けたのは乱れた白髪の老人だった。警官たちは質問をするまでもなく立ち尽くした。老人は黒いクラリネットを手にして驚いたように彼らを見ていた。

「サクソフォン？　私がそんなものを持っているわけがあるものですか」老人は手の中の楽器を掲げ、興奮しながら弁明した。「あれは西洋文化に毒された若者こそが夢中になるしろものですよ。みなさん、私の歳を考えて、そんな冗談はやめてほしいものですな」

老人の部屋は捜索の必要はなさそうだった。時計の部品や修理道具がいっぱいに並べられたテーブルや、必要ないくつかの家具のほかには何もない。部屋はひどく質素だった。舷窓ほども小さな窓には分厚いカーテンが引かれていた。ベッドの下には革のケースが一つ引っ張り出されており、それはクラリネットを入れるためのものだった。隊長がいくらか疑問を抱いたのはケースに埃が積もっていたことだ。だが確かにサクソフォンを隠す場所はない。一人の警官が疑わしそうに言った。「だが先ほど聴こえた音は実にそっくりで……」

「それはこういうことです。みなさんもきっとご存じでしょうが、サクソフォンの起源はクラリネットなのです。しかしあれは恥知らずのブルジョワが施した邪悪なる改造であって、両者は修道士と踊り子ほどにも違うのです……」

隊長は最後に少しでも体面を保とうと、先ほど演奏した曲は規則に合っているかどうか尋ねた。老人は引き出しから一枚の証明書を探し出し、手渡して言った。楽曲の合法性に疑問がおありなら、これを見てください。三年前に退官しましたが、私はレニングラード市立楽曲審査室に二十年以上勤めていました。隊長は退官証に書かれた名前を見た。セルゲイ・セルゲーエヴィチ・グーロフ、写真は本人と一致する。彼は無言で証明書を返し、一同は退出した。

グーロフはドアに鍵をかけ、次第に消えてゆく足音を聴きながら気持ちを落ち着かせ、テーブルへ戻り仕事を再開しようとした時、再び響いたノックの音に、それがただそっと二回だけだったにもかかわらず驚いて跳び上がった。「セルゲイ・セルゲーエヴィチ、まだお休みになってはいないでしょう……」ドアの外で隣室の大学生の押し殺した声がした。グーロフはドアをほんの少し開けた。「何だね」「あの、僕は何と感謝すればよいのでしょう、ありがとうございました、救ってくださって……あなたがクラリネットを吹くなんてこれまで知りませんでした。さっきのは何という曲ですか。すごく美しくて、本当に……」グーロフは仏頂面をして小声で早口に言った。「明日、あの忌々しい楽器を処分してしまうんだな、さもないと私が通報するぞ。他人を巻き添えにするな。あの音に煩わされるのはもううんざりだ！」言い終えると、ぴしゃりとドアを閉めてしまった。

大学生が立ち去るとグーロフは仕事を続けようとしたが、それは困難だった。さっき吹いたのは何の曲か？　その質問が彼の心にまとわりついて幾度も気が散った。あの曲はよく知っているようで普段は唇の辺りに潜んでおり、何かあれば浮かんでくるのだが、学んだり聴いたりしたことは決してなかった。彼が審査した曲だろうか。目を閉じ、虚空の中であの旋律を流した。しばらくすると揺れ動く清らかな光の粒子に触れた。その感触はしごく慣れ親しんだものだった。だが作者の正体は記憶の迷宮の中を逃げ続けていた。彼は暗闇の中を追いかけたが、何もつかまえられなかった。

二　時計とさえずり

セルゲイ・セルゲーエヴィチ・グーロフは健康上の問題のため、五十三歳で早期退職を申請した。上層部は長年にわたる優れた仕事ぶりを評価して彼を表彰したが、支給された退職金はわずかなもので、レニングラードでの生計を維持するには足りなかった。ふるさとのディカーニカ〔ウクライナ中部ポルタヴァ州の北方にある村〕はすでに集団農場になっており、帰っても居場所はなかった。彼は音楽に関わるいかなる仕事にも二度とつかないと決意し、都市近郊に小さなアパートを借り、数カ月間の独学を経て時計の修理屋に転職した。一九五七年にはすでにレニングラードでも気鋭の時計職人となっていた。いくつかの店から仕事を受けたが、自宅でのみ働いた。時計店は数日おきに最も難しい仕事を届けてよこし、数日経つと受け取っていった。顧客はそのたびに満足した。それは彼が機械について人より才能を持っていたためではなく、どんな人よりも、こうした一心不乱に、いささかの感情も交えないことが求められる仕事を楽しめたためだった。頭の中をからっぽの何もない状態にすること、それこそグーロフが長年求めて得られずにいたものだった。彼はかつて音符に向き合ったように細やかに、慎重さをもってそれらの歯車に向き合った。前者は彼の人生を苦しめ、誘惑したが、後者は安息をもたらした。微小な歯車は天体のように完璧に運行しながら、時間を均等な粒へと研磨した。クリスタルのように清潔なチクタク音が何もないところに積み重なり、比類なき秩序の美が瞬く。彼はそのような透明で安全な音を好み、修理を終えた様々な形の時計をテーブルいっぱいに並べて眺め、それから室内に満ちたチクタク音の中で夢のない眠りに入るのを好んだ。彼のクラリネットは長い間触れられておらず、少年時代の思い出の品の一つとして、ベッドの下の革ケースの中に横たわり、日夜押し黙っていた。数日前の雨の夜、隣室の騒動を聴いて同情心と機転を働かせ、再三迷った挙句、ついにクラリネットを取り出して一節《ひとふし》吹いた。わざと明るく豊かな音色を出してサクソフォンに似せ、あの若者に助け舟を出してやった。それから不安とともにドアが粗暴に叩かれるのを待ち、尋問と弁解を待ち、次々と押し寄せる幻影を待った。同時に楽器の音の中に、奇妙な、長い間禁酒した人が再びほろ酔い加減に落ち込んだような安らぎをもわずかに感じた。その後の数日間は考えが乱れ、仕事の効率は普段とは打って変わって低かった。あのでまかせに吹いた旋律が春の雪解けの小さな水たまりのように心の奥底でたゆたっていた。すくい上げることも、断ち切ることもできない。いくつかの古い出来事が盃の底の残りかすのようにその旋律にかき混ぜられて浮かび上がってきた。彼は知らぬ間に禁じられた呪いの言葉を口にし、そうして昔日の幽霊を呼び出してしまったのだ。

その日の黄昏時、一羽の鳥がグーロフの窓の前に舞い降りた。それは翼を震わせ、首を伸ばすと鳴き始めた。老人が時計の部品の山から顔を上げ、ルーペを外して窓の方を見た時には、鳥はもうパタパタと飛び去っていた。その鳴き声には聴き覚えがあった。よく透き通って力強く、いくぶん行き過ぎなほど伸びやかだ。目を閉じ、その声を手がかりに鳥の姿を少しずつ思い描いた。細く尖ったくちばし、真っ黒な目、腹には雪のように白い斑点があり、黒い羽毛には緑青《ろくしょう》と紫の霞のような光沢が輝いている……

「モーツァルトのペットは」馴染みのある声が耳元で彼に言った。「ホシムクドリでした。この鳥は生涯……」それは四、五十年前、ディカーニカで、彼の音楽教師をしていたエヴゲーニヤ夫人の声だった。彼は十歳を過ぎた頃、もう一人の子どもとともに毎日彼女の家でクラリネットを学んでいた。その古い家の裏手には、薄暗いトウヒの林の中に数え切れないほどのムクドリが生息しており、日没前後の鳴き声は降りしきる雨のようで、時には練習に差し支えるほどだった。この鳥は活発な性格でひけらかしを好み、ほかの鳥類の歌声をまね、人間の演奏を何度も聴いて旋律の一部を覚え、さえずることもできた。エヴゲーニヤ夫人は偏屈で迷信深い老女で、子ども好きで、いくつもの楽器を演奏でき、親から受け継いだ家に年老いた下女と二人で住んでいた。農村に伝わる神話と音楽家の伝説のいずれにも精通し、休憩時間にはよくその一部を話してくれた。エルフや水の精霊《ルサールカ》、雪娘《スネグーラチカ》、沼の底の宝物、木の洞《ほら》の中の怪物について語るとともに、バッハの投げ捨てたかつらや、モーツァルトのビリヤード、ブラームスの林の中の散歩について語った……ある日の夕方、鳥の声が沸き起こって講義の声をかき消してしまい、彼女はしかたなく話をやめ、困ったように微笑んだ。

「モーツァルトのペットは」彼女は言った。「ホシムクドリでした。この鳥は生涯、あちこちから聴こえてくる調べをまねて歌うことしかせず、むやみに鳴きわめく方がもっと多いのですが、彼らは自分の灰の歌を探しているのです」モーツァルトはある店で一羽のムクドリが彼の協奏曲の一節を歌い出すのを聴いて大変喜び、買い取って心を込めて育てた、と彼女は語った。数年後に鳥が死ぬと、モーツァルトはささやかな葬儀までおこなった。彼女は子どもの頃に教会のパイプオルガンの奏者からムクドリの伝説を聞いたそうだ。神はムクドリを一羽造るたび、その魂の形とまったく同じ旋律を造り、世界のどこかに隠して探させたのだという。湧き水の中かもしれないし、梢の揺れ動く中かもしれないし、誰かの頭の中に今にも渦巻いているかもしれない。ムクドリが丸一日鳴いて新しい調べを探し、聴いた音をすべてまねているのは、自分の旋律を探しているのだ。それを偶然歌い出せば体はたちまち灰となり、魂はその旋律にもぐりこんで二度と出てこられない……それなら、そのムクドリは死んでしまうの？　グーロフは尋ねた。死ぬのではなくて、音楽の世界に入るのです、そこは俗世よりもずっと神に近い場所です……エヴゲーニヤ夫人は、自分の母親はムクドリが灰になるところを目撃したことがある、と語った。彼女の母親はかつてモスクワの有名なチェロ奏者で（夫人が家族について語ったのはこの時だけだった）、十六歳のある日、練習を終えた後、譜面台の上に一羽のムクドリがとまったのに気づいた。鳥はそばに人間などいないかのように頭を上げて鳴き、なんと彼女が午後いっぱい練習していたフーガの一小節を歌いだした。初めはさほど合っていなかったが、何度か繰り返し、ついに正確になった。突然、ムクドリは翼を広げ、また畳み、黒い身体を丸く縮めると、見る間に砕け散って無数の灰になった。灰は空中を漂い、夫人の母親はその一粒一粒が音符の形をしているのをはっきりと見た。音符はさらに砕けてたくさんの小さな音符になり、たちまち漂ってなくなってしまった。母親は本当のことだと誓ったが、エヴゲーニヤ夫人の祖父母は、練習をしすぎて幻覚を見たのだろうと思った……その物語は当時、グーロフに極めて深い印象を残したが、その後、似たような伝説を語った人は誰もいなかった。実際、彼が十八歳でふるさとを離れてレニングラード（当時はペトログラードと呼ばれていた）にやってきてから、ムクドリを見かけることはほとんどなくなった。

テーブルの隅の小さな置時計がふいに七回鳴った。チン、チン、チン……丸く銀色に輝く氷のように冷たいさざ波が次々とグーロフの目の前に広がり、幻想を追いやった。窓の外の空はすっかり暗くなっていた。グーロフは明かりを点けた。彼には灯火がコードの中をちょろりと流れてランプから溢《あふ》れ、そうした小さな部品や彼の白髪を照らす音が聴こえた。もう一度、懐中時計の脱進機に精神を集中させようとしたが、どうしてもできなかった。ため息をつき、明かりを消して寝ようとした時、トントン、とドアが叩かれた。

三　人事ファイルと蟻の穴

人事ファイル管理室のデスクには四束の書類が置かれていた。それらはクズミン警官が二時間かけて資料の山の中から集めたものだった。彼はそれらの間に何らかの関連があると考え、手がかりを整理していた。コーヒーカップを持ち上げて一口すると、初めから読み始めた。

最初の書類は一九五七年十月二十七日夜の出動記録だ。その出動にはクズミンも参加していた。路上で監視し、楽器の音がどの窓から聴こえてくるかを確かめるよう指示されたが、どうやら失敗したようだった。記録には、大学生のヴァルキンのアパートを捜索したものの、通報にあったようなサクソフォンは発見されなかったため撤収した、と簡潔に書かれていた。あの気まずいクラリネットの誤解にはもちろん触れられていなかった。だが厳格な習慣から、クズミンは自分の手帳に老人の名前を書きとめた。彼は住民の人事ファイルから大学生のファイルを見つけ出し、ついでにあの老人の情報も見つけ、どちらも傍らに置いて後で詳しく読むつもりだった。

次の書類は「鮫《さめ》」の供述だった。鮫とは、通りで禁制品を販売している流しの物売りをいう。供述には証拠品袋がついており、中にはX線写真が一枚入っていて、誰のものかわからない頭蓋骨が写っていた。写真の角は切り取られていびつな円形になっており、真ん中に小さな穴が開いていた。明かりの下に掲げて観察すると、光に照らされた写真の表面には幾重もの細い円がうっすらと刻まれ、その小さな穴を中心に、樹木の年輪のようになっていた。それが簡便なレコードで、音質は悪く壊れやすいが安価なため、ここ二年ほどレニングラードの地下音楽サークルで人気を集めていることを彼は知っていた。樹脂は原価が高すぎるので、怖いもの知らずの若者たちは病院から廃棄されたX線写真を低価格で買い取り、政府が禁止した西側のジャズやロックを録音し、街頭でひそかに売りさばいた。X線フィルムの材質は薄くて柔らかく、靭性《じんせい》に富んでおり、丸めて袖の中に隠すことができるため、携帯や取引がしやすかった。様々な部位の骨格が写っていることから「ボーン・レコード」と呼ばれていた。レニングラードでは少なくとも二、三組の集団がボーン・レコードを大量生産し、猛威をふるっていた。そのレコードはまさにその売り子の手から没収したものだった。売り子の男はルートの末端に位置し、入荷数や販売数も少なく、取り調べる価値はなかった。供述には、いつも違う場所で見知らぬ人（サングラスとマスクをつけていた）に金を払い、その後、指定された地点（ロッカーや公園の石のベンチの下）で品物を受け取っていただけで、上層部について知っていることは極めて少ない、と書かれていた。男は二年間の労働改造を命じられた。

クズミンは一台の蓄音機を運んできて、ボーン・レコードをターン・テーブルの上に載せ、穴を回転軸にセットして針を置いた。頭蓋骨が回転し始め、すぐに音楽が流れ出した。まるで頭蓋骨の中から削り出された記憶のようだ。ぷつぷつという雑音が大きく、一人の女が歌い始めたが、まるで細い雨の中に立っておっとりと歌っているかのようだった。五、六曲続けて歌った。クズミンは英語の歌詞を聞き取れず、何の曲かわからなかったが、決して聴き苦しくはないと思った。数曲流れた後はしばらく静かになり、レコードが終わったと思った時、人の声が流れ、ロシア語で小さく何言か話すと再び静かになった。少し経つとサクソフォンの音が鳴り出した。現場で録音したようだ。楽器の音はしなやかに揺れ動き、すばらしく胸を打つ旋律を奏でた後、複雑で奇妙な即興演奏を始め、ドラムが無秩序に合わせ、最後にパラパラとした拍手と口笛が起こった。大勢いる、地下コンサートだ、とクズミンは思った。奴らは西側のジャズレコードを複製しただけでなく、最後に自分たちの演奏も追加している。彼の知識によれば、この手のボーン・レコードはとびきりよく売れる。このことも、ほかのボーン・レコード屋とは異なる重要な特徴だ。

数日前の空振りに終わった捜索の前にクズミンは考えた。サックス奏者を逮捕できれば、闇市のサックス販売ルートを聞き出せるかもしれない。さらにそのルートに沿って、ボーン・レコードを作りサックスを演奏した奴らを見つけられるかもしれない。運が良ければ、サックスを吹いているのがその一味の奴ということもある。しかし失敗した。小さな、だが疑わしい失敗だ。疑問の一つは自分があの窓を勘違いしたとは思えないことで、彼はこれまでずっと耳が良かったし、階下で聴いた楽器の音と老人が吹いたクラリネットは似てはいたが必ずしも同じではなさそうだった。もう一つは老人が吹いたタイミングだ。あの手のアパートの壁は薄く、隣で何が起きたかきっと老人にははっきりと聴こえたはずで、そんな時に突然演奏を始めたのはあまりにも奇妙だ。もしもあえてかばおうとしているのなら、本当にサクソフォンが存在していることを証明してはいないか。単に自分たちが見つけられなかっただけだ。疑問の三つ目はさほど事件と関係なく、完全にクズミン個人の好奇心からくるもので、老人の言った楽曲審査室とはどのような組織なのかということだった。聞いたことはあるがよくわからず、ただそこが周囲から「聖域」と呼ばれていて、はなはだ神秘的だということを除いては、その組織がレニングラードのどこにあるのかすら知らなかった。

彼は二人の人事ファイルを手に取ってしばし迷い、より興味のある方を後に回して、先に大学生のヴァルキンの方を読むことにした。ヴァルキンのファイルはとても薄かったが、何と言ってもまだ若いのだ。しばらく集中して読み、普通でないところを一つだけ発見した。ある記録の中に、ヴァルキンは奇抜な服装をした不良少年たちと付き合いがある、と書かれていた。ある時ダンスパーティで、退廃的な曲調の音楽をトランペットで演奏した者がおり、数人が一緒にハミングしたが、その中にヴァルキンがいたという。通報を受けたコムソモールがドアを破って突入し、その場でトランペットをねじ曲げ、数人が穿いていた派手な色のズボンと、頭上に跳ね上がったリーゼントをはさみで切り落とした。トランペットでもクラシック音楽は演奏できるため、コムソモールはその時に演奏されたのが禁制音楽だったとは断定できなかった。重要な性質の事件ではなかったが、音楽にまつわる前科があることは注目に値する。ほかに掘り起こすべき情報は何もなかった。

すでに夜一二時半を過ぎていた。グーロフのファイルを手に取った時、もう一人の当直の警官がドアを開けて入ってきて、一杯やって疲れを取らないか、とクズミンを誘った。彼は礼儀正しく断った。クズミンは今年二十八歳で、小柄で痩せており、物静かで、分厚い眼鏡をかけていつもまじめくさった顔つきをしており、署内では決して受けが良いわけではなく、事実、しばしばからかいの的になった。彼は外回りより内勤の仕事をしたかった。初めにこの支部への配属を申請したのは、ここにレニングラード最大の人事ファイル管理室があるためだ。彼は退勤後にしばしば管理官の鍵を借りて、何時間も書類の山に埋もれた。そこにいると水を得た魚のように感じた。実際には、読むものはたいてい仕事と関係がなく、単に個人的な嗜好によるものだった。彼はこの嗜好が自分の卓越した資料分析能力を鍛えたとは思いもよらず（何年も後、彼はこの能力のために国家保安委員会《KGB》に招かれ、さらに多くの資料を読む権限を手に入れた）、ただおぼろげに、人事ファイルを読むこうした趣味は、子どもの頃の蟻《あり》を飼う趣味と実は同質のものだと意識していた。

クズミンは幼い頃からはにかみ屋のひ弱な子どもで、いじめられ慣れていたため、ほかの警官のからかいに対しても泰然としていた。子ども時代の唯一の趣味は、ガラスの箱に土をいっぱいに入れ、その中で蟻を飼うことだった。蟻たちは巣穴の隅々まで人間の目にさらされているとはつゆ知らず、相も変わらず忙しそうに穴を掘り、運び、分泌し、触角を揺らしていた。ガラスとはなんと奇妙な物質なのだろう、地底の秘密をたちまち目に見えるものに変えてしまう。彼は心を込めて世話をし、同時にたびたび災難をこしらえ、穴の入口に水を注いだり、煙でいぶしたり、時々、一、二匹の蟻を気ままに押し潰したり、スズメバチを一匹放り込んだりした。蟻の群れが混乱するのを見ながら、ふいに、これは本来、神の楽しみに属すものだと気づいた。クズミンは毎日うっとりと眺め、もてあそんだ。そのガラス箱が高々と掲げられ、自分の鋭い叫び声の中で、怒った父親に地面に粉々に叩きつけられたあの日まで……だが今、彼は巨大な人事ファイルの棚の間にゆったりと腰かけ、明るい灯火の下で気の向くままに閲覧し、誰の邪魔も受けずにいられる。クズミンはしばしの幸福を味わい、都市全体が彼のガラス箱の中に入っているかのように感じた。

彼はコーヒーを一口すすり、グーロフのファイルを開いて食い入るように読み始めた。

四　聖域

一九〇一年八月生まれ。ウクライナ、ポルタヴァ州ミルゴロド出身。父親は農村の医師だった。一九一九年にペトログラード音楽院作曲科に入学し、成績は優秀だった。一九二〇年春、デモの最中に銃床を頭部に強く打ちつけられ、脳に損傷を負い、一年間休学した。卒業後は学院に残って助教となり、五年後に講師に昇進した。一九三〇年、指導教官が不謹慎な書簡のために逮捕され、彼も尋問を受け、最終的に釈放された。だが職を失い、二年間は就業記録がなく、何によって生計を維持していたのか不明である。一九三二年、レニングラード市立楽曲審査室に招かれた。在職中の業績は良好で、過失はなかった。一九五四年、就業能力を喪失したため、早期退職が承認された。

次のページをめくるとゼムクリップでとめられた診断書が目に入った。日付は一九三一年末だった。診断書は難解な医学用語で溢れ、冒頭のいくつかの言葉しか理解できなかった。「頭部が硬質な物体に衝突したことにより短時間の昏迷に陥った。損傷が治癒した後は強い共感覚が生まれ、それは主に聴覚の分野に集中し、長年にわたり持続した」。これが指しているのは一九二〇年のあの負傷のはずだ、とクズミンは考えた。末尾の結論にはこう書かれていた。「テストの結果、共感覚五級と診断する。報告基準に達するため、これをもって推薦する」。その下は医師のぞんざいな署名だった。奇妙なことに、その診断書はレニングラード市文化管理局にコピーが送られていた。翌年、グーロフは外部の者たちから「聖域」と呼ばれるその組織に入った。この二つの出来事にはどんな関係があるのだろう。その組織についてはっきりさせなければ、とクズミンは決意した。

直接の尋問は不可能だ。彼はKGBではなく、その権限はない。爪を噛んでしばらく考えた後、ある書架へ行き、一九五四年のレニングラード市政府機関の退官者名簿をめくった。十五分後にグーロフの名前を見つけた。その年、その組織で退官したのは彼だけだった。さらに前後数年間の名簿を見ると、昨年、キリロフという者が楽曲審査室を退官し、名簿上に住所と電話番号が記載されていた。それはクズミンが独自に編み出した奥の手だった。ある組織を理解したければ、退官した人物に尋ねるほど良い方法はない。彼らは舞い落ちた枯れ葉のようにもろく、役に立たないが、森のあらゆる秘密を隠し持っている。すぐさま卓上の受話器を取り上げた。それは彼がよくやるもう一つの方法だった。逮捕したり尋問したりする権限がない場合、政府の名で深夜に電話をかける。何を尋ねたいかにかかわらず、驚き目を覚ました人はこちらの身分を疑うことなど思いもよらず、嘘を考える暇もなく、電話の向こうで震えながら真実を打ち明けるのだ。

電話を取ったのはちょうどキリロフだった。老人は目覚めたばかりのようで、声が濁っていた。クズミンは警察署の者だと名乗ったが、用件は言わず、単に退官後の生活について親しげに尋ねた。相手は困惑し、今はある劇場で働いている、と慎重に話した。具体的にどんな仕事かはぼかしたものの、クズミンは大方察しがついた。この老人は長年の経験を買われて劇場で指導をし、オペラの楽譜をどう修正すればより審査に通りやすいかを教えているのだ。クズミンはさらに少しおしゃべりをしてから、グーロフのことを持ち出した。

「親しかったとは言えません」キリロフは言った。「確かに彼は私の上司でした、長年。でも仕事以外ではさほど接しませんでした。とても優秀な方で、能力は私たちの中で最も優れていました……」

クズミンは、彼らがどうやって集められたのかや、組織の仕組みについて尋ねた。相手はためらい始め、こちらの権限を疑っているようだった。クズミンは和やかに、かまわない、電話で話しづらいのなら明日こちらから訪問しても良いし、警察署へ調査協力にお越しいただいてもいい、と言った。キリロフはもごもごと口ごもっていたが、知り得たことをすべて語り出した。

一九三二年、ソ連作曲家同盟の成立後、政府は楽曲審査専門の組織を設置することを決定した。審査を通過した曲だけがコンサートホールや劇場で演奏を許され、楽譜を出版できた。それまで審査業務は演目審査全体委員会が一手に担い、専門家への委託制をとっており、思想的に問題がなく芸術面で造詣の深い音楽家をリストに登録し、楽譜の審査と評価を委託していた。当時の最大の問題は、専門家の信頼性を保証できないことだった。第一に、音楽家の間に友情や齟齬《そご》があり、私情にとらわれないようにすることは困難だった。第二に、専門家自身も創作者であり、今日はまだリストに名前が載せられていても、明日には断罪されるかもしれない。そうなれば彼が審査した曲目の評価はすべてひっくり返り、初めからやり直さなければならなかった。より科学的で精密な審査制度が求められていた。

最初の構想は同志ジダーノフ[*1]によって提案された。彼は進歩的にも、音楽をほかの感覚的体験に転化すること、たとえば具体的な映像に転化して審査を行い、それによって審査過程を目に見える、監査可能なものにすることを提案した。彼は多くの科学者に意見を求め、最終的に共感覚者を募集する計画を立てた。共感覚者とは、視覚、聴覚、嗅覚、触覚、味覚が相互に結びつき、ある感覚への刺激がほかの感覚にも及ぶ者のことである。これらの共感覚者は十分な政治教育や必要な音楽理論の訓練を経て、音楽の安全性をテストするための、信頼に足る計器となることができた。審査方法はおよそ次の通りだった。複数の共感覚者に同じ楽曲を聴かせ、音楽が彼らの脳内で起こすイメージを記録させ、複数の記録を比較し、グレードのより高い者がふるいにかけることで、共感覚の不確定性を大幅に補完する。たとえば同じ旋律について、ある者は靄《もや》を聴き取り、ある者は湖を聴き取る……最後に音楽の内容についてのイメージを記述させ、担当部門の責任者がその記述について思想面を審査した。これは最も科学に近い、あるいは見かけ上は最も科学的な、楽曲審査の方法だった。

一部の音楽関係者は、標題音楽〔題名や文章によって聴衆を一定の方向に導こうとする楽曲〕ならば具体的なイメージを示しているから、ことによればこのようなやり方は可能かもしれないが、絶対音楽〔標題を持たない楽曲〕は単なる音の単純な流動であったり、言葉にしがたい感情を含んでいたりするから、印象派の方法でイメージを分析などできるものか、と異議を呈した。同志ジダーノフは端的に指摘した。深刻な社会的内容を反映していない音楽は、実際から外れた形式主義音楽だ。標題をまったくつけないのは許されず、審査の際には楽曲の基本的な内容を明記しなければならない。彼はさらにユーモアをもって、例を挙げて説明した。顧客が食事の前にシェフにその料理の材料について説明するよう求めるのは当然の権利だ、と。発言は熱烈な拍手の中に終わった。最初に異議を呈した数名はとりわけ力を込めて拍手し、大粒の汗がその真っ青な頬を伝い落ちた。彼らにはペン先が自分の名前の上に線を引く音が聴こえたような気がした。

その計画は同志スターリンの強い支持を得た。一九三二年にレニングラードで試験的に導入され、二年後にはほかの大都市に拡大された。楽曲審査室は出版保護総局と文化管理局の共同組織で、まず複数の部門に分散していた楽曲審査権をまとめ上げた。演奏会の曲目、出版待ちの楽譜集、オペラの楽譜（歌詞はほかの部門が審査した）、映画音楽（脚本はほかの部門が審査した）の審査だ。組織のシンボルマークは五線譜を刻んだ銀の盾で、ソビエトの全人民の耳を守るという意味を表した。一九四八年、ジダーノフが病気で死去すると、後継者である「灰色の枢機卿」スースロフ[*2]が制度を維持し、審査室の組織を拡大した。

審査室は西部郊外のある修道院の階上に置かれた。その建物は非常に古く、白壁に青屋根で、深いクヌギ林の中に隠れていた。革命後に閉鎖され、二階は博物館となり、打ち壊された各地の教会から外された聖画像《イコン》が積み上げられていた。名義上は博物館だったが、外部に公開されたことはなく、文化財の倉庫というべきものだった。共感覚者たちは毎日、出退勤する際にそうしたイコンの前を通らなければならず、きらびやかな図案や静謐《せいひつ》な相貌の間を通り抜けることで生じる様々ないわく言いがたい幻覚からは逃れようがなかった。彼らの多くは軽々しく談笑したりせず、足取りは緩慢で、まるで本物の修道士たちのようだった。螺旋階段を通ると、三階の審査室だった。

毎朝、山のような楽譜が一階の受付に投函された。事務員はまず作者の氏名を表に記入し、番号を書き込む。楽譜に署名があるかどうかを調べ、あればインクで塗りつぶしてからスタンプで番号を振る。これは公正さを確保するためだ。それでようやくその匿名の楽譜は文書用の小型エレベーターに載せられ、中間層のイコン倉庫を通過して三階へ上る。三階はいくつもの小さな防音室に仕切られ、一人一部屋で、通常は事務机一卓と楽器が一つ割り当てられている。審査官は譜面に従って一回演奏し、目を閉じて感じ、それから目の前に浮かんだ風景を詳しく書き出し、時には味やにおい、触感を記して評価の根拠とする。一部の作曲家は自分でもその曲が何を表すのか説明できないため、悪知恵を働かせ、「ヴォルガ河の波」とか、「草原の白い月光」などと適当に標題をつけた。勇ましい曲には「鉄工所の熱気に満ちた轟き」とか、「うなりながら原野を進む列車」といった名前をつけ、審査官の一人が聴き取ったイメージと一致する幸運を期待した。そのような確率は極めて低かった。通常は楽譜一冊を共感覚者五人で審査し、提出された報告書はグーロフが監査し、取りまとめてから主任に報告した。審査を通過すると受付が番号から作者の名前を調べ、上演許可証や出版許可証を受領するよう通知する。不合格者には通知せず、楽譜はそのまま廃棄する。作曲家たちが陰で審査室を「聖域」と呼んだのは、そこが修道院の跡地にあるうえに、内部が極めて神秘的で、外の人間にはうかがい知れなかったためだ。その建物の中では毎日楽譜を燃やす炎が、かつて聖像の前に供えられた常夜灯のように消えたことがないと噂された。作曲家たちの間では常にこんな会話が交わされた。最近、何を書いた？　やめてくれ、また二度も灯油を注いでしまったんだから。それは、二篇の作品が燃やされたばかりだ、という意味だ。そうした中傷はとても無責任なものだった。なぜなら審査室は、四〇年代にはもうシュレッダーで楽譜を処分していたのだから。

キリロフは子どもの頃から鋭敏な共感覚を持っており、生活に支障をきたしたこともあった。急ブレーキの音を聴くと、口の中に濃厚なゴムの味が湧いてきた。楽器が鳴れば目の前には様々な色の塊が揺れ動き、その色は曲調によって変幻した。時には嗅覚と触覚も結びつき、たとえばアスファルトの匂いを嗅ぐと手のひらがべとついて開けなくなるほどだった。彼らのような共感覚者は通常、家にこもりがちで、外出時には耳栓とサングラスをつけなければならず、普通の仕事には向かなかった。物質世界は彼らにとって刺激が強すぎるのだ。神経科の主治医が政府の告知を見てキリロフを推薦した。次々と行われる刑罰のようなテストを経て——彼らに様々な奇妙な音を聴かせ、脳裏に浮かぶ場面を描くよう求めるものばかりだった——彼とグーロフは同じ年に採用された。グーロフは事故による後天性の共感覚とのことだったが、グレードは最高で、音楽院で教えていた経験もあり、業務能力は間違いなく最も優れていた。

聖域の中で、グーロフの防音室だけは楽器がなかった。彼の内心の聴覚はとても強く、試演は不要で、楽譜を読みさえすれば音符の奥底に潜むイメージを見ることができた。普通の人々が音楽によって生じるイメージは漠然とした色であり、とどまることなく揺れ動く線だが、グーロフはそれらを具体的な物事に凝集させて描き出すことができ、その八、九割は的中し、まるで占いか特殊能力のようだった。彼はあたかもソムリエがグラスのふちに触れただけでそのブドウが育った時期の日差しや雨を言い当てることができるように、あるいは古生物学者が小さな爪の化石一つから巨大な生物の姿を復元するように、創作時の作曲家の内心の考え、ないしは潜在意識の中をかすめる風景を、楽譜に沿って遡ることができた。かつて一部には、作品を没にされたのを怨《うら》み、上層部に訴えてグーロフの書いた報告書を読むに至り、そこでようやく構想の際に頭の中に閃《ひらめ》いた場面を思い出し、やむなく納得した作曲家たちもいた。グーロフの同窓であるショスタコーヴィチ[*3]も、彼のこうした才能には感服してやまなかったという。

　グーロフは仕事に対してとても厳しかった。ある時、嬉遊曲《きゆうきょく》の審査で、一人の審査官は「陽光の下に回転する花輪」、キリロフは「草原で一群の子どもたちが手をつないで回っている」と記述し、ほかの審査官も似たり寄ったりだった。グーロフはしばらくの間じっとそれを見て、言った。子どもたちは笑いながら遊んでいるが、どこか作り笑顔だ。君たちはチェロの低音部が悲しそうに徘徊しているのに気がつかなかったのかね。武器を手に傍らをうろつき、彼らの笑顔を監視している者がいる。これがどういう意味か、よく考えてみなさい。キリロフはそう言われて冷や汗が出た。審査に通らなかったのを不当に思った作曲家は、楽譜をモスクワに送って審査を通過した。公演の評判はまずまずだったが、半月後、『プラウダ』〔旧ソ連共産党の機関紙〕に厳しい批判が掲載された。作曲家は恐怖のあまり自殺し、モスクワの審査官たちも処分を受けた。

クズミンは肩で受話器を耳元に挟み、片手で素早くメモを取った。これはサクソフォン事件とは無関係であり、そのうえグーロフが音楽の分野で一貫して慎重で損得をわきまえ、他人をかばう行動に出る可能性はさほどないことを証明してすらいた。クズミンはただ、蟻の巣の中の秘密のトンネルを一本覗き見たような満足感を覚えただけだった。彼は最後に、グーロフの私生活についていくつか尋ねた。

キリロフの答えはやはり、よく知らない、我々は神経が過敏だから、余暇の時間は何も社交活動をせず、たいていは部屋で一人きりで過ごしている、というものだった。グーロフの症状は彼よりずっと深刻で、時には現実か幻かもはっきり区別がつかないほどだった。ある時、キリロフが昼休みにグーロフの防音室を訪ね、窓の外のアイビーが剪定する人のいないためにすっかり窓枠に絡みついているのを見て、雑談しながらその葉をもてあそんだ。グーロフはいくぶん驚いて言った。

「ああ、その葉は本物だったのか。てっきり、午前中に譜面を読んだ後に見える幻覚かと思っていたよ」

来る年も来る年も、グローフは次々と楽譜を読んだ。薄っぺらい楽譜のどのページからも、巨大で重苦しい蜃気楼が立ち昇った。一九五四年になって、彼の神経はついにそれらの幻に抑圧され蝕まれることに悲鳴を上げ、デスクの前で昏倒したが、防音室だったため、夜になってようやく発見された。医師の診断は神経衰弱で、もう頭脳労働に就いてはならない、というものだった。彼が退官した後、キリロフは一度も会っていない。

哀れな年寄りだ、とクズミンは考えて受話器を置こうとしたが、大学生のファイルをもう一度見直し、ふいにあることを思い出して何気なく尋ねた。「彼はクラリネットはうまかったかね」受話器の向こうはしばし沈黙し、いぶかる声が伝わってきた。

「クラリネット？　まさか。楽譜だけで精一杯なのに、ましてや本物の音楽など。彼は何十年もコンサートに行っていないし、自分で演奏するなどもってのほかです」

五　旧友の訪れ

客が帰った時はもう深夜だった。グーロフはぼんやりと腰掛けたまま、部屋中の時計の針が虚しく動く音を聴きながら、先ほどのことは奇妙な夢だったのではないかと考えていた。

どこかがおかしいと感じたがはっきりとした言葉にならず、まるで時計を組み立てたばかりなのに余分な歯車が一つ見つかったかのようだ。その夜は感情が激しく波立ち、耐えがたいほど疲れて何も考えることができなかった。

「こんにちは、こちらは同志グーロフですか」ドアを開けると一人のぼろをまとった老人が廊下に立ち、彼の顔をじっと見ながら尋ねたが、グーロフはそれが誰なのかすぐには思い出せなかった。顔の皺《しわ》はグーロフよりずっと多く、縦横《じゅうおう》に走っていたが、ほほ笑みには子どものような輝きがあった。

「そうですが、あなたは？」

「ああ、本当にあなただ、セリョージャ！　忘れてしまったのか、ムーシンだよ、ドミートリイ・ドミートリエヴィチ・ムーシン、昔、君と一緒にエヴゲーニヤ夫人のところで音楽を勉強していた」

「ミーチャ？　ミーチャか、おたまじゃくしのミーチャ！　いったい何年ぶりだろう……」

「四十、いや、五十年だ」

グーロフは彼の手を取って部屋へ導いた。室内には茶や菓子もなければ酒もなく、客人には水を一杯酌んでやるしかなかった。グーロフはたったひとつの椅子を彼に譲り、自分はベッドの端に座って、二人の旧友は親しくしゃべり始めた。グーロフにとってこれほど感動したのはずいぶんと久しぶりで、右のこめかみの神経が小刻みに震え出し、言った。「昔は君より頭一つ分背が高かったのに、ほら、今は同じくらいだ。老けたのも一緒だな」

「年寄りはみなどこか似ているものだね」ムーシンは言った。「ここ数年はどうしている？ ディカーニカで、君がレニングラードの音楽専門家になったと聞いたんだ」

グーロフは気恥ずかしくなり、話題を変えて尋ねた。「ディカーニカは今はどうだ？ 集団農場になったそうだが。あの林はまだあるか？ 草原は開墾されたか？ それに、君が大好きだったイニンの湖……たしかあの湖は水面は青緑色で、湖底の水は松葉が長年浸かっているために深い褐色をしていた……」彼は熱心に語るうち、今にも松の樹皮の匂いを、青苔やクモの巣の匂いを、ライ麦が花粉を飛ばす時の甘みを帯びた清らかな香りを、野草が太陽に照らされて立てる芬々《ふんぷん》たる香気を、嗅いだように感じた……

「どれもまだあるよ、少しも変わっていない。僕は一日中そういう懐かしい場所をぶらついているんだ。林の中は永遠にあんなふうに薄暗く、星は氷のかけらのように明るく透き通って、夕焼けはまだあんなふうに濃密に燃えているよ……鳥の声すら少しも変わっていない。ヒバリ、シギ、ゴシキヒワ、ナイチンゲール、ヨーロッパコマドリ、それにあのホシムクドリ……」

グーロフの目のふちが久しぶりに熱くなった。あんなにも多くのことが起きた。戦争、飢饉、粛清、動乱……けれど彼らは今、何も損なわれることなくともに腰を下ろし、聖なる地にも似たふるさとについて語っている——ただ二人が歳月に浸食されて見る影もなくなってしまっただけだ。「それじゃ、ミーチャ、ここしばらく君は何をしていたんだ？　まだクラリネットを吹いているのか」グーロフは、ムーシンの才能はずっと自分の上を行っており、自分が音楽理論の勉強に苦労していた時、ムーシンはすでに小曲を書けるようになっていたのを思い出した。

ムーシンは顔を近づけ、怯えているようでいて秘密めかしたほほ笑みをそっと浮かべると声を低くして言った。「実はこの何年か、ずっと曲を書いていたんだ。ずいぶんたくさん書いて、自分で作品番号を振り、もう一一六までいったよ。だが一度もおおやけに演奏したことはない。先月、これで筆をおくことにしたのだが、一生を捧げて書いたものがいったいどれほどの水準なのかを専門家に見てほしいんだ。セリョージャ、ちょっと引き受けてくれないか」彼はどこからか分厚い譜面の束を取り出した。

グーロフは少し気が沈んで頭皮がこわばったが、どうしても断りの言葉を言えず、受け取ると軽く頷き最初のページから読み始めた。数分後、彼は脳内で氷の層が裂けるような音を聴いた。この曲の質感だ、と彼は思った。次々とページをめくってゆくと、気まぐれな曲調の奥には独特の深さと明徹さがあった。驚いたことにその多くは、どれもよく覚えているものだった。グーロフはすべてを思い出した。数日前にでまかせに吹いたのは、目の前のこの旧友の曲だったのだ。

　およそ一九三七年頃から、グーロフは聖域に送られてくる原稿の中にひそかに好む作品が定期的に現れることに気づいた。すべて匿名ではあるが、彼には同じ人物の筆跡だとわかった。その人物は様々な体裁を取り入れ、作風は目まぐるしく変化した。初めに歩んでいたのは「力強い一団《モグーチャヤ・クーチカ》」*4の道で、ムソルグスキー*5の濃密な色彩を模倣していた。その後はバッハの殿堂とブラームスの濃霧の中に逃げ込んだ。小品のいくつかはメンデルスゾーンの静けさとシューベルトのすがすがしさをほぼ完璧に刻み込み、ある時期はサティよりもサティらしかった。彼はバロック風と古典主義、ロマン主義、印象主義、さらには無調性音楽すら一通り試した後、それらを極めて鮮やかな特徴へと融合させた。グーロフはそこに数多くの投稿とは比べものにならない光芒を見出した。注意深く、その人物の作品を受け取るたびにまず自分が密かに鑑賞した。それらの旋律が引き起こす幻覚は決して彼を苦しめなかった。また一方で、彼は共感覚に基づく審査にのみ専心して世の中のことは何も関知しなかったわけではなく、仮に自分が寛大な処置を下して通過させたとしても、この人物の作品は思想面では合格などあり得ないとよくわかっていた。そのために批判される可能性すらあった。自分はこの人物を守り、より大きな災難を免れさせたのだ、と彼は思った。そこにあるイメージはさせておき、この人物の技法はあまりにも精緻で奥深く、容易に形式主義のレッテルを貼られてしまうだろう。上層部が好むのは単純で高揚する旋律であり、労働者たちが夜に聴いて翌日の出勤時にはもう鼻歌で歌えるような曲調であってこそ大衆に有益な音楽とされた。何度か勇気を奮って、特に愛好する数曲を上司に渡してみたが、たちまち批判された。彼はもはや試してみる気になれなかった。退官する前の最後の数年間、その人物はもう作品を送ってこなかった。

彼は楽譜を置き、すさんだ感覚が次第に胸の内に広がるのを感じた。やましい気持ちで明かりの下の旧友の顔を見つめ、二つの考えが心の中でもつれるのを押さえることができなかった。私が彼の一生を台無しにしたのだ……自分の一生をも無駄にした……グーロフは懸命に自分自身に告げた。たとえ自分がムーシンの原稿を没にしなくても、ほかの人間がしていただろう。彼のもとを通過しても、上にはさらに審査室主任がおり、あの無学無能の禿げ頭は、文章を審査するのと同じように彼らの記述を審査することしかできない。そこを通過しても、さらに上には危険な上演があり、楽器の音は瓶の中の悪魔のようにいったん解き放たれればもはや元に戻すことはできず、万が一、それを嫌悪するお偉方の耳の中に舞い込んだなら、すべてがおしまいだ……

「どうだい」ムーシンがそっと尋ねた。

「よく書けている」グーロフは顔を上げ、ぽつりぽつりと言った。「私はとても好きだよ」

「本当か。慰めているのではないだろうね」

「本当だよ、ミーチャ。とてもよく書けている」

ムーシンの唇は半開きになってかすかに震え、何かを言いかけたが、ため息をつくとほほ笑み、目はすでに潤んでいた。グーロフは彼の視線を避けて卓上の時計の山に目をやり、尋ねた。「では、ここ数年は作曲のほかに何をしていたんだね」

ムーシンは答えず、しばし黙り込んだが、ふいに楽しげに言った。「近々、小さな演奏会を開くつもりなんだ。一一六番だけを演奏するんだ、クラリネット五重奏をね。交響曲をいくつか書こうとしたが、諦めたよ、僕にはあんなに壮大で整った風格はない。協奏曲もだめだった。結局、自分に一番合う形式はやはりクラリネットの室内楽だと気づいた。この五重奏が最後の作品になった。僕が生涯、模索していたのは、どうやらこれを書くためだったようだ——君はエヴゲーニヤ夫人の言葉をまだ覚えているか——ムクドリが自分の灰の歌を見つけたようなものだ。それは偉大ではないが、唯一無二で、僕の魂の形に一番ぴったりする入れ物なんだ。それが一度でも演奏されるのを聴ければ、もう何も贅沢は言わないよ」

「ということは」グーロフは信じられない思いで尋ねた。「君は上演許可証を手に入れたのか」彼は考えた。私が離れてからずいぶん経ったから、審査基準は以前のように厳しくなくなったのかもしれない。あるいは審査官の能力が足りなかったか。もう審査室がなくなった可能性もあるのではないか。その考えは彼を慰め、またいくらかがっかりもさせた。

ムーシンは聴こえなかったかのように、立ち上がると言った。「君を聴衆として招きたい。僕が自分でクラリネットを吹くよ。演奏家たちはもう準備してあるんだ。何日かして用意が整ったら知らせに来るよ」彼は意気込んでそう言うと、別れを告げてドアを開け出ていった。グーロフは見送ろうと追いかけ、出てゆくと廊下にはもう彼の姿はなかった。

眠りにつく前、グーロフは暗闇の中で、傍らに充満するチクタク音に耳を傾けた。思い出は音の隙間から浸み込み、少しずつ彼を飲み込んでいった。エヴゲーニヤ夫人の屋敷で過ごした長く静かな夏の日、そよ風が楽譜の隅をめくりあげたのを、あの木陰がいつも優しく庭を覆っていたのを、彼とムーシンが林の中で追いかけっこをして、おぼろな光の束の中を一つまた一つと通り抜け、イニンの湖のほとりへやってくると、あの神秘的な水面が、生い茂る林の中でかすかな光を瞬かせていたのを思い出した。褐色の水底には小さな洞穴があり、とても深く、冥界の河へ通じているという噂だったから、村で一番勇敢な子どもでもその中へ潜って遊ぼうとはしなかった。ムーシンがあの湖で泳ぐのが大好きだったことも思い出した——彼がおたまじゃくしと呼ばれていたのは、痩せっぽちだったというだけでなく、いつも好んで水の中にいたからでもあった。グーロフはふいに、ムーシンはあの頃すでに自分の作曲の才能に苦しめられていたのだと悟った。水に浸かっていれば頭の中の音楽が聴こえなくなると言っていたから……グーロフはまた、自分たちがそれまで、村のほかの子どもたちにしばしば虐められていたことを思い出した。ある日、彼はふと思いついて、虐めっ子の側に回ってムーシンを虐めるようになり、しかもそのやり方は最も激しかった。その小さな集団はたちまち彼を受け入れた。今、ようやく気づいた。あの小さな出来事はもう一つの出来事のリハーサルで、予兆だったのだ。まさに何年も後、自分はもう一つの集団に加わり、自分の同類を虐める側に転じ、彼らの心血を注いだものを破壊した……もしかすると私は生まれながらの裏切り者なのかもしれない。グーロフは悲痛な気持ちで考えた。ムーシンはたしかいつも反抗し、怒りに我を忘れた表情で、世界にはなぜこのように何のいわれもない侮辱が存在するのか理解できないというふうだった。グーロフは思い出した。ある日ムーシンは追いかけられて湖に飛び込み、顔を出すと、あの穴に潜るぞと叫び、数人の子どもたちが、おまえにそんな度胸があるもんかと笑った。自分はぼんやりと岸辺に立ち、彼の強情な頭が水面から消えるのを見つめていた……

グーロフははっと目を見開いて身体を起こし、たった今、深い水中から頭を突き出したばかりのように口を大きく開けてあえいだ。思い出した。ムーシンはその日、浮かんでこず、あのまま湖の底の洞穴の中に消えてしまったのだ。大人たちが何日もさらったが見つからなかった。彼の母親が岸辺に伏し声を張り上げて泣く様子を、グーロフはまだうっすらと記憶していた――ムーシンは死んだ。半世紀前にもう死んでいたのだ。

六　幻楽

クズミン警官はグーロフに対して拭い去れない疑いを抱きはしたが、事件の突破口は大学生のヴァルキンにあるとまだ考えていた。グーロフの奇妙な演奏が、うまい具合に隣人の嫌疑をつつき出した。彼はヴァルキンの監視を続けることにした。証拠を手に入れさえすればグーロフの庇護罪(さらに忌々しいのは警察を愚弄した罪だ)は自然と成立し、その逆はない。その日の夜七時、ヴァルキンはアパートを出て、口笛を吹きながら街の北へ向かった。通りの落ち葉を踏み、枯れ枝の間に昇ってきた赤い月を道すがら眺め、晩秋の風景と若者らしい理由のない歓びにうっとりと浸っており、後ろの追跡者にはまったく気づかなかった。

北へ行くとすぐに郊外の奥地で、民家は次第に減り、景色はいっそう寂しい。一帯には孤島のような別荘が点在しており、主たちは夏の数日間だけ滞在し、ほかの季節は閉鎖され、庭には雑草が生い茂っている。別荘と別荘の間には野原が広がり、鳥の足のような枯れ木が数本、夜空に向かって伸びているほかには隠れる場所もなく、クズミンはあまり近づいて尾行できなかった。月明かりの下、ヴァルキンの影は荒野を軽やかに前進し、足任せの散歩ではなく、どこか向かう場所があるようだった。クズミンは、今夜はきっと収穫があるという予感がした。

二露里《ろり》〔約二・一キロ〕ほど歩くと野草の間に柔らかく真っ白な土の道が現れ、つきあたりに一軒の家の黒々とした輪郭が浮かび上がった。そこが彼の目的地に違いない。クズミンはそう考えて足を速めたが、うっかりして枯れ枝を踏み折ってしまった。パキッという小さな音が響いた。ヴァルキンはやおら立ち止まり、微動だにせず道の真ん中に立ち尽くした。見つかったと思い草地に腹ばいになろうとしたが、彼は振り向かず、ただゆっくりと右手の灌木の茂みに向かってゆき、何かにじっと耳を傾けているようだった。その時、クズミンにも聴こえた。かすれた泣き声が、もごもごとよく聴き取れない言葉を織り交ぜながら、茂みの向こうから途切れ途切れに伝わってくる。見るとヴァルキンの影はためらいながら近づいてゆき、茂みの暗がりに隠れ、しばしの後、驚きの叫び声が聴こえた。「ああ、どうしてあなたが！セルゲイ・セルゲーエヴィチ、どうなさったのですか？」

ムーシンの訪問を受けてから数日間、グーロフはずっと上の空だった。夕刻にはまだ終わっていない仕事を置いて外の空気を吸いに出た。アパートを出ると、ムーシンが通りの向かいのムクゲの木の下に立ち、先日と同じあのぼろぼろのコートを着て、こちらへ来いというように手招きをしているのが見えた。グーロフはしきりに驚き、疑ったが、足はいうことを聞かず、道を渡った。ムーシンはどうやら元気いっぱいな様子で、ほほ笑んで言った。

「行こう。演奏会は今夜だ」

グーロフはもう一度、曲目は審査を通ったのか確認した。ムーシンは無視して行ってしまい、グーロフは思わずついていった。二人は次第に街を出て、荒野に足を踏み入れた。この時、雲間の夕焼けはまだ消えておらず、真っ赤な空は哀しげな美しさを湛えていた。草木や岩、泥沼、泥沼の中を流れる水、遠くの荒廃した家屋、二人に驚いて目覚めたツグミの群れとその騒々しい鳴き声、昼間はまったくかけ離れているものたちが、この時はすべて暗闇によって一つに鋳込《いこ》まれ、巨大で不気味に、境界線を失っていた。ムーシンは道すがら、浮きと奏者の名前を挙げてみせた。第一ヴァイオリン、第二ヴァイオリン、ビオラ、チェロ……グーロフはそれを聞いてますます奇妙に感じた。それらはみな彼が若い頃に熱愛した演奏家だったが、もう長いこと消息を聞いていなかった。そのうちの二人はまだ刑に服しており、生きて出られたとしても高齢になっている。一人はすでに銃殺されたという噂だった。自分と話しているのはきっとムーシンではなく幽霊で、彼は亡霊の楽団を作ったのだ、とグーロフは思った。ムーシンは滔々《とうとう》と説明を続けた。なぜその位置にその人物を配置したのか、別の演奏家ではなぜいけないのか。自分のクラリネットの技巧は完璧には程遠いが、その曲は自分が書いたもの、いうなれば腹の底から漂い出たものであるから、自分より演奏にふさわしい人間はほかにいない。そうすると、どの奏者をとっても最も理想的であり、グーロフはといえば最も理想的な聴衆だ、と。グーロフは夕暮れの中のその年老いた、だが光り輝く顔を見つめながら、ついに耐え切れずに尋ねた。「ミーチャ、君は本当にミーチャなのか。だが私の記憶では……」

「もう少し待ってくれ、セリョージャ」相手はとうに予想していたかのように、冷静に言った。「すぐにわかるよ」

またしばらく歩いた。ふいに風景に見覚えがあるように感じ、考えていると、ムーシンは彼を連れて小径《こみち》を外れ、灌木の茂みを回り込んだ。そこには濃緑色に濁った小さな池が隠れており、池のほとりには平たい岩が横たわっていた。二人は岩の上の枯れ葉を払い、並んで腰を下ろした。グーロフはますます疑問を深めた。この場所は明らかに来たことがあるのに、どうしても思い出せない。ムーシンの方を振り向くと、その手の中には雪のように真っ白なものがどこからか現れており、目を凝らすとそれはあの楽譜の束で、彼はグーロフに手渡して言った。「よく読んでみてくれ、そうすればすべてがわかる」

グーロフは読み始めた。しばらくすると右のこめかみの神経がまたひきつれ始め、意識を集中するとふいに紙がどんどん淡く透明になってゆき、音符は頼りなく空中に浮かんだが、しばらくするとそれも消えてしまった。両手は虚しく捧げられ、呆然と前方を見つめた。

「わかったかい？」ムーシンは言った。「譜面なんて初めからないんだ。あの曲は君の心の中に刻まれたもの――すべて君が書いたものだよ、セリョージャ」

また頭の中の響きが聴こえた。今度は氷河が砕けるような轟きだった。グーロフは両のこめかみを押さえ、うつむいてほとんど息もつけず、長い時間が過ぎて話せるようになるとようやく尋ねた。

「そうすると、君はミーチャの亡霊ではないのか。君も僕の幻覚なのかい」

すっかり暗くなった空に、突然、ガラスのように清らかな響きが伝わってきた。それは鶴たちの鳴き声だった。その姿は雪片のように荒野の上空を軽やかに過ぎていった。ムーシンは黙ったまま、鶴の群れが暗闇の中に残らず消えてゆくのをじっと見つめていた。

「つまりこういうことなんだ、セリョージャ」彼は言った。「あるいは、僕は君だと言えるかもしれない。僕たちは同じ主題の変奏《バリエーション》なんだ」

グーロフの頭の中の鳥のさえずりは次第に止んでいった。ふいにバサッと音がして、折りたたまれた地図が素早く広げられるように、記憶のもう半分の領域が見えた。

グーロフは少年時代にはもう作曲家になることを夢見ていた。自分で書いた曲がクラリネットからたどたどしく湧き出るのを初めて聴いた時、その考えは形作られて回転を始め、星雲のように体の中で膨張した。もっと幼い頃、音楽を学ぶ前、彼は音楽とは山や甲虫や雲と同じように自然界では固有のものだと考えており、まさか自分で生み出すことができるとは思ってもいなかった。その体験は造物主にのみ喩えることができるのかもしれない。音楽についての考えが頭の中を回転している時、彼は確かに自分の存在を、果てしない宇宙の中でささやかだが確固とした一つの点が光焔《こうえん》を放っているのを感じた。高校時代には非常に多くの習作を書いた。ペトログラード音楽院に合格したのは彼にとっては予想通りで、良かったのは視野を広げられたこと、欠点はふるさとから遠く離れていたため、夢や曲の中でしかあれらの林や山の尾根に触れられなかったことだった。

その後の長い間、状況がどうであろうと作曲をやめたことはなかった。あの怪我がもたらした強い共感覚によっても才能は決して減退せず、逆によりいっそう激しく降り注いだ。ただ、そうした騒がしい幻に対処しなければならなかったため、神経はいつも限界まで疲弊した。指導教官の境遇を目の当たりにして、時局は険悪であり、紙上のすべてが証拠になりうると悟ってからは、心の中で曲を編むしかなかった。構想しながら記憶する習慣は意外にも彼の作風をいっそう洗練させた。審査室に入ってからは生活に後ろ盾ができたため、腕前も模索しながらとはいえ着実に上達したが、新たな悩みが訪れた。毎日ああした粗悪な作品に付き合い、それらがもたらす退屈で型通りの幻に耐えつつ、そのうえ渋々それらを通過させ、さらに多くの耳を蹂躙《じゅうりん》させなければならない中で、自分の作品が上演されるのを聴きたいという渇望がいっそう熱を帯びてきたのだ。仕事を始めて五年目、グーロフはついに危険を冒して探りを入れることにし、自分の作品を聖域に送った。署名をする際に長いことためらい、少年時代の友人であったドミートリイ・ドミートリエヴィチ・ムーシンの名を書いた。すでに亡くなっているのだから、万が一、作者の責任を追及しようとしてもどうしようもない。この夭折した天才を記念するためでもあった。審査官数名の報告書がすぐに彼のもとに届いたが、すべて有害であるという結論で、予想通りの失望とすがすがしさを感じた。それからは頻繁に作品を送り始めた。まるで深い淵に宝を投げ捨てるように、そのことを創作後の儀式に、定期的な気晴らしに、ある種の絶望のゲームにした。何度かは意外にも部下の審査を通過し、譜面が彼のデスクの上に置かれた。彼は驚きまた喜び、それから恐ろしくなり、本当に上演すれば予想だにしない災いを招くだろうと心配になった。彼は部下を呼びつけて叱責し、みずから原稿を廃棄した。

さらに困ったことに、一人の鋭敏な創作者として、あれらの粗雑な作品を審査する際に感じる苦痛は倍増し、神経はひどく参っていた。その一方、毎日繰り返される審査で鍛えられた警戒のまなざしが、創作時には自分を注視する側に回り、しばしば彼の手を止めさせ、凝集しようとする音符を散り散りにさせるようになった。もはやこうしてはいられない、と彼はひそかに思い、ついにある方法を考え出した。無理やり自分を抑え、作曲時には審査官としての思考を用いず、審査の際には創作者としてのセンスを心して捨て去るのだ。さらに詳細な罰則まで決め、自分を厳しく縛った。数年間の苦労とその果ての業績を経て、彼は両者をはっきりと区別し、自在に切り替えることもできるようになった。審査の際や生活の中では、彼はグーロフ、慎重で小心翼々としたグーロフで、心の中で作曲をする時には、彼はムーシン、想像の中のムーシンで、顔つきにもムーシンの無邪気さと頑固さが現れた。この方法のもう一つの良い点は、完全に読者の視点で自分の作品を観察することができ、作者としての抜け難い自己陶酔を排除できることだった。四十歳の年、グーロフはついに自分の作品がありふれたものではなく、貴重で、代わるもののないことを確信した——この時、彼はすでにその匿名の作品が誰の手から生まれたものかわからなくなっていたのだが。こうした状態が十数年間も続き、彼の神経は完全に崩壊した。デスクの下に這いつくばり、ヒステリックに叫び出したのである。病院で、彼はグーロフの身分と記憶をもって覚醒した。

グーロフはムーシン（僕たちはひとまず彼をムーシンと呼ぶことにしよう）の顔を見つめ、自分と似たところを見出したが、そこに表れているのは別の年老い方だった。彼は次第に落ち着きを取り戻し、事の次第を思い出し、あの危険な雨の夜、無意識のうちにかつて書いた旋律を吹き、そうして初めてムーシンとしての自分が呼び覚まされたことを思い出した。月はもう中天にかかり、池の真ん中で冷たく揺れ輝いている。水面には水色の靄が流れ、辺りは冷え冷えとして、茂みをわたる風の音のほかには何も聴こえない。そこは自分がかつてよく訪れた場所であることを思い出した。彼は好んでその小さな池をイニンの湖だと想像し、背後の灌木をふるさとの林に見立て、そこに腰を下ろすと気持ちが安らぎ、考えも澄みわたるのを感じたものだった。いつも仕事を終えると待ちきれずに荒野へ歩み入り、ここへやってきては池のそばの岩に腰掛け、グーロフから徐々にムーシンへと変わり、そして虚空の中で旋律をつかまえ、風の露から、草木の香りから、池のさざ波から、星たちの奥深くから、無限の音符を集めた……ムーシンは手をグーロフの肩に置き、彼の物思いを遮った。

「演奏会の準備をしよう」彼はよく通る声で言った。

グーロフはけげんな顔で彼を見つめた。ムーシンは言った。僕たちの演奏会は真実のものではないが、真実のものよりずっとすばらしい。幻の中で演奏するんだ。内心の聴覚のような淡い幻想ではなく、盛大で厳密な、簡単に流れ去ることのない幻想だ。僕が演奏家一人一人を想像し、彼らの独自の風格を想像しよう――当時、彼らの技術がどんなふうに僕を酔わせたか、あの印象は永遠に消えることはないからね。君は楽器を想像するのを手伝ってくれればいい。そう言いながら立ち上がり、目を閉じて両腕を開いた。しばらくすると両手の間に霧のかたまりが現れ、手を広げてその霧をこねると、それは次第に一人の人間くらいの大きさになり、あちこちに色がつき、身体は黒く、顔は白くなった。少し経つと黒い燕尾服を着た男性になったが、目鼻立ちはあまりはっきりせず、薄い霧に覆われたようだった。ムーシンは言った。あの人たちが年老いた様子を想像できないから、顔は曖昧にしておくよ。こちらはチェロ奏者だ。彼はまたビオラ奏者と第一ヴァイオリン、第二ヴァイオリンを次々と作り出した。グーロフは慌てて楽器を想像した。ストラディバリウス、グァルネリ、その音色、大きさ、色……楽器は簡単で、すぐにできあがり、それぞれの手の中に漂っていった。ムーシンの持つクラリネットは、グーロフの部屋にあったものとまったく同じだった。彼はグーロフに座るよう促し、ほかの奏者を一通り見まわして軽く頷くと、記憶の中で楽譜を開いた。演奏が始まった。

最初は静かなひととき（静けさも曲の一部だ）、続いてヴァイオリンが柔らかく第一楽章の導入を奏でる。ゆっくりとした、ほとんど動きのない、曖昧な導入だ。グーロフの目の前に青緑色の層が流れて広がり、その奥底へビオラが濃褐色を添え、優しく揺らす……ああ、それはイニンの湖だ、彼と楽団はもう湖のほとりに来たのだ。周囲の灌木は一瞬にして濃緑色の大木へと背を伸ばし、すがすがしい木陰が水面を覆い、彼は濃厚な針葉の匂いを嗅いだ……ふいに奏者たちは演奏をやめ、怖々とグーロフの背後を見つめた。ぞっとして振り向くとオークの木陰に一人の男が佇み、顔を半分覗かせ、冷ややかな視線で彼らを見ていた。八の字髭《ひげ》を生やし、グレーのフレンチ〔折襟または立襟の上着で、胸と腰に二つずつフラップポケットがつく〕の軍服を着て、突き出た腹で、長靴を履いていた。ムーシンはグーロフに叫んだ。「幻覚だ。考えなければ消える」だがその男はなお存在し、その上、少しずつ近づいて、何も言わず、ただ無表情にあらゆる人を監視していた。グーロフは頭を抱えて叫び声をあげた。その男も、林も、湖も、楽団も、すべてが消え去った。目を開けると、ムーシンが池のほとりにしゃがみ込んでいるのが見えた。

「何が起きたんだ」グーロフは尋ねた。「あの男は？」

「君の恐怖だ」ムーシンは弱々しく答え、身体も薄くなった。「君の恐怖が呼んだ幻だ。少しでも不安になり、僕たちの演奏が非合法で危険で、人に見つかるのではないかと考えると、あいつが現れる。考えれば考えるほどあいつは鮮明になる。さっきの男はスターリンとジダーノフを掛け合わせたような顔をしていたよ」

「私だってそうしたくない」グーロフはうつむいた。「幻の中で演奏していることはわかっているが、潜在意識の中の恐怖はどうしようもない……彼らが何かの機械を持っているのではないかと心配したこともあるんだ、頭の中の音を傍受できるような……」

　グーロフの生涯に積み重なってきた挫折感が、この時に突然、逆巻いた。若い頃、あのような数年間を経て、自分は天才だと少しも疑わず、我を忘れて書き、稚拙な作品は教師や友人から大いに称賛されたものだった。彼は自分の手で生み出した光芒の中に陶酔し、未来に胸いっぱいの希望を抱き、望めばどんな人物にでもなれると信じていたのを思い出した……したたかに酔った夜、音楽院の広場に座り、月光の下を走る雲の影に向かって辺りも憚らずに指揮をし、すがすがしいフレーズははるかかなたから魂に注ぎ込み、彼は暗闇の中で声をあげて笑った……だが最後には、自分は何をなし遂げただろう。今や彼は歳月の果てにうずくまり、この一生は幸福なものでなかったばかりか、不幸だったとすらいえないのだと、悄然として思い知った。なぜなら彼はびくびくと不幸を避けることに生涯を費やし、用心と憂い、自制、沈黙の中で安堵しなかった日は一日たりとてなく、恐怖に屈し、嫌悪を隠し、何の意味もない疲労の中に逃げ込み、言葉にできないあらゆるものが過ぎ去るのを期待し、そして忍耐の中で慣れていったからだ……

グーロフはもうこらえきれなかった。彼は顔を覆い、荒野の中で泣き崩れた。

七　地下室のボーン・レコード

目を開けた時、気つけ薬の瓶が目の前から離れていくのが見えた。アンモニアの匂いがワイヤーブラシのようにグーロフの意識をこすった。彼は自分が見知らぬ客間のソファに横たわっていることに気づいた。花の萼《がく》の形をしたランプが淡い黄色の光を丸く落としている。薄暗く、家具の多くは白い埃よけで覆われ、稜線のくっきりとした雪山のようだ。若い顔がいくつか、心配そうに彼を見つめており、その中には隣人のヴァルキンもいた。

三十分前、あの池のほとりで、彼はグーロフの肩を揺さぶって譫妄《せんもう》から呼び覚まそうとしたが、それもむなしく、老人はただ半狂乱になって泣き叫び、うわ言を繰り返すばかりだった。ヴァルキンは医学院の二年生だったが、普段はジャズに夢中でまともに勉強しておらず、しばらく右往左往していた。そしてやむなくグーロフを助け起こし、灌木の茂みを出て、道のつきあたりのあの別荘へ向かったのだった。

クズミンはヴァルキンがセルゲイ・セルゲーエヴィチと呼ぶのを耳にしたが、それがグーロフのことだとは思いもよらなかった。グーロフの憔悴《しょうすい》した顔がヴァルキンのそばに現れた時、心臓はドキドキと高鳴り、自分の予感が実証されることを確信した。彼は二つの影が月光の下をよろよろと歩いてゆき、別荘の庭に入り、ノックの音に続いていくつかの驚きの声と低い話し声がし、ドアがバタンと音を立てて閉まるのを見つめていた。そっと近づき、鉄柵の外の草むらに身を伏せて室内の動静を伺った。

「大丈夫ですか」ヴァルキンは尋ねた。「なぜたった一人で野原に座っていたんです。病院へお送りしましょうか」

グーロフは周囲を見回したが、ムーシンはもういなかった。彼はしばらく呆然としてから、気がおかしくなってしまったが、少し休めばよくなるだろうと説明した。

一人の長身の青年が身をかがめ、彼の手を握って言った。「イワンがすべて話してくれました。数日前にあなたは彼を救ってくださった、つまり僕たちを救ってくださったんです。みんな、あなたに感謝しているんですよ」

「何を言ってるんだ」ヴァルキンが言った。「僕はたとえ捕まったって君たちを売ったりしないぞ」

一人の娘が冷たいタオルで額の汗を拭いてくれた。グーロフはいくらか楽になり、身体を起こして座ると、ここはどこかと尋ねた。「あなたが昏倒した場所から遠くないところです」ヴァルキンは答え、例の背の高い青年を指さした。「ピョートルの家の別荘です」

ピョートルは言った。「クラリネットがすばらしくお上手だそうですね。僕たちも音楽をやるんです。今夜はリハーサルの予定なんですよ。もうしばらくしてご気分が良くなったら、下へ聴きに来てください」

「だめよ」娘が言った。「お休みにならなければ」

しばらくするとみなは立ち去り、その娘だけが残って彼の世話をした。グーロフは彼女がしきりに階段の辺りを眺めているのを見て、言った。「君も行きなさい。私は大丈夫だ。もしよかったら肩を貸してくれないか、見てみたい」

階段の裏の壁の隅に近づくと、床が分厚い木の板で覆われているのが見え、そこが地下室への入口だった。隙間から歌声が流れ出ており、それは艶っぽいブドウ色で、シルクの質感があった。娘が声をかけると板が跳ね上がり、ヴァルキンともう一人の青年が急いで上ってきて、老人を支えて下へ降ろした。真っ白に輝く大きなランプが地下室をいくぶん寒々と照らし、若者たちの顔には楽しげなほほ笑みが浮かんでいる。傍らに楽器がいくつか置いてあるのが見えた。ピアノ、サクソフォン、ドラムセットだ。中央には奇妙な機械が数台あった。黒いレコードが回転し、外国人らしい男のハミングが流れ、レコードプレーヤーは数本の細長いベルトでもう一台の機械につながり、黒く薄いフィルムが鋼の針の下でジリジリと回りながらびっしりと詰まった波紋を一本ずつ刻み、針の先からは鉋屑《かんなくず》のようなものが湧き出していた。彼は時計修理の経験からその機械の仕組みをなんとか見て取り、どうやらレコードを作っているようだと思った。その黒く薄いフィルムには真っ白でか細い手のひらが写っており、よく見るとそれは手のひらの骨だった。

「これは何をしているんだ」彼は尋ねた。

「歌を録音しているんです。ロックという音楽です」ピョートルは言った。彼は傍らのドラムセットの前に腰掛け、手の中のスティックをうっとりと指揮者のようにかざした。ヴァルキンは金色に輝くサクソフォンを抱えている――それを持ってアパートを出るところを人に見られないよう、昨夜、仲間がアパートの屋上に上がり、一本のロープをヴァルキンの窓の前に垂らしてあのサクソフォンを入れた木箱を吊るし上げ、屋根伝いに街外れの建物の屋上まで行ってからゆっくりと階下へ運び、夜陰に乗じてそれをここまで移動させたのだった。一人のハンサムな若者がトランペットを掲げた。その時、歌声は終わろうとしており、彼らは演奏を始めた。

グーロフは奇怪な幻覚にひそかに耐えた。キノコ雲、ハト、宇宙服を着た恐竜、古城の幽霊……これは禁制音楽だ、とすぐさま意識し、警戒して幻覚から抜け出した。演奏を止めさせ、こうした音楽は危険だと呼びかけようとした。しかし銀白色の明かりの下、快活で、誇らしげで、少しも恐怖におびえていない一人一人の顔と、彼らの表情に目のくらむような幸福が浮かんでいるのが見えた。グーロフはどうしても言い出せず、羞恥心が身体の中で彼自身のある一部分に噛みつき、焼き焦がすのを感じた。彼はピアノにもたれ、椅子にへたり込んだ。

曲は終わった。みなは拍手し、ひとしきり甲高い叫び声をあげた。ヴァルキンは酔いが醒めやらぬように叫んだ。「セルゲイ・セルゲーエヴィチ、ピアノを弾けますか。あの夜にあなたが吹いた旋律が頭の中を何日も回っているんです。何という曲ですか、弾いて聴かせていただけませんか」

グーロフは黙り込んだ。長い時間が過ぎ、彼は決心して言った。「私が書いた前奏曲だ」

みなは歓呼し、弾いてくれとはやし立てた。

「私はもう弾けなくなってしまった」彼はいたわるように鍵盤をなで、首を振り、こめかみを指さして言った。「神経が耐えられないのだ。しかし、君に書いてやることはできる。五線紙があればの話だが」

自分の曲が紙の上に落ちるのを見なくなって何年になるだろう。ペン先がよろめきながら黒い音符を描き出した時、彼は突然、自分の作品もすべて幻覚なのではないかと疑い始めた。それ以上に恐ろしいことはない。だがその後、次々とほとばしり出る音符が懸念を打ち消した。書き終えると紙面を吹いて、ヴァルキンに手渡した。あの娘が顔を寄せてしばらく読み、叫んだ。「ああ、なんて美しいの。弾いてみてもよろしいですか」

グーロフは椅子を譲った。繊細な指が鍵盤に触れた時、彼はほとんど身動きができなくなった。それは彼が大切にしている小品で、音符は神秘的な内在する秩序に従って流動し、いかなるイメージも伴わず、単純かつ清新で、ほぼ透明に近いくらい純粋だった。娘の技巧は高く、細やかに弾きこなし、ほとんどミスをしなかった。曲はおぼろなうちに消えゆくように終わった。地下室はしばし静まり返り、それから耳をつんざくばかりの拍手が長く続いた。グーロフは目を閉じて涙をこらえていたが、ふいに一本の手が肩の上に置かれるのを感じ、振り向くと、ムーシンだった。楽の音の中に再び現れたのだ。ムーシンはそっと言った。

「行こう、もう一度試そうじゃないか」

　青年たちはみな先ほどの演奏に浸りきり、誰も地下室の上の方、庭の小径に面したブラインドの向こうの視線に気づかずにいた。クズミンはそこに長いこと腹ばいになり、すべてを目にした。こうした状況にはこれまで遭遇したことがなく、慌てずにはいられなかった。腰の辺りを探ると、氷のような銃身の冷たさが彼をわずかに落ち着かせた。応援を頼みに戻るのは間に合わないと考えを決め、単身突入しようとしたが、見ればグーロフはすでに一階に上がってきており、どうやら別れを告げているらしく、低い声で何かを話していた。ほかの人々は後をついてきて、その話し声は大きく響き、どうしても彼を送っていこうというのだった。グーロフは固辞し、もう大丈夫だ、外で風にあたりたいと言った。最後に彼はようやく一人でドアを出て、クズミンが隠れている草むらの前を通り過ぎ、ぶつぶつと独り言を言いながらゆっくりと庭を出ていった。時計に目を走らせると夜一〇時だった。クズミンは内心ではかりにかけ、この青年たちを逮捕する方が明らかに重要で、供述があれば老人も逃げられまいと考えた。老人はおそらく帰って眠るのだろう、もしこちらが順調に運べば、明け方までには彼を逮捕できる。クズミンはヴァルキンと数人がまだ戸口で立ち話をしているのを聴きながら銃を取り出し、壁際の影に沿って静かに走っていった。

八　烏有《うゆう》

グーロフとムーシンは荒野の中をゆっくりと歩いていた。

「ごらんよ」ムーシンは言った。「みんな、感動しただろう。僕たちの作品は確かにすばらしいんだ。しかも、あの前奏曲より良いものがまだたくさんあるんだからね」

グーロフは思わずほほ笑んだ。ムーシンは続けた。「でも、僕が一番好きなのはやはりあの一一六番だ。あれほど満ち足りた気持ちになる曲はない。何としてももう一度演奏してみたいんだ」

「だが私は……」

「さっき、ある方法を思いついたんだ、君が演奏を聴いている時にね」ムーシンは足を止め、グーロフの方を向いて言った。「恐怖を拭い去れないとしても、振り払って旋律の中を逃げるんだ。音楽がもたらす幻覚を利用して、恐怖による幻覚に抵抗する――あの五重奏の内部がどんなだったか、まだ覚えているかい？」

グーロフはしばし考え、四つの楽章を心の中で繰り返し、彼の考えを悟って軽く頷いた。

二人は知らぬ間に野原を出て、西部郊外の荒涼とした街道に戻っていた。道端に一人の酔っぱらいが座っており、グーロフがひとりごとを言いながら歩いてゆくのを見て、おかしなやつだと笑い出した。そこはアパートからほど近く、それならばと二人は家に帰り、ドアに鍵をかけた。ムーシンは卓上の時計を一つ一つ手に取り、すべて止めると引き出しに詰め込んだ。純然たる静寂――それまでは小刻みな溝のある静寂だった――が、再び部屋全体を満たした。二人は腰を下ろし、目を閉じて、想像を始めた。時計はどれも一〇時五〇分で止まっている。

三十分前、クズミンは受話器を下ろし、椅子を運んできて地下室の入口の前に置いた。腰を下ろすと、銃をつかんだ手を膝の上に置き、床下の動きに耳を澄ませた。緊張がやや解けた後、こみ上げたのは満足感だった。その感覚は、万年筆で数匹の蟻の周囲に円を描き、彼らの混乱と絶望を眺めるのに似ていた。初めて逮捕の歓びを体験するわけだが、文書を読む歓びに比べてずっと粗削りだったし、ずっと立体的でもあった。先ほどの電話の称賛をもう一度噛みしめ、それから、気を静めろ、応援が到着するまではまだしばらくかかる、と自分を諌《いさ》めた。油断をしてはならない。

ヴァルキンたちがグーロフを見送り、ポーチにもたれて先ほどの音楽について話していた時、クズミンが突然、庭の暗がりから姿を現し、銃を掲げて身分を告げ、銃口を振って中へ入るように示したのだった。彼らはしばらく呆然とし、虚しい弁解をしようとしたが、結局、室内に追いやられた。クズミンは電話の場所を尋ね、一人ずつ地下室に降りろと命じた。彼は内心、若者たちに襲われるのが恐かった。射撃の成績は悪かったし、格闘も苦手だった。注意深く監視していたが、彼らがふいに突撃してきたり、何かで殴りかかってくるのではと心配し、全員に手を挙げさせ、震える両足で地下室へ下りさせた。さっと駆け寄るとつま先で床板を蹴り倒し、全身で押さえつけ、慌てふためきながら鉄のかんぬきをかけた。身体を起こして警察署に電話をかけた時、つま先はまだかすかに痛んだ。彼は内心で喜びながら悪態をついた。

第一楽章の導入は、グーロフと想像の楽団をもう一度イニンの湖のほとりに連れ戻した。森林はクラリネットの温厚な演奏の中で再び生長した。グーロフは旋律の間に身を切るような湖水の冷たさを感じ、下へと潜ってゆくと、青緑と濃褐色の間に漆黒のかたまりがあり、それがあの冥界の河へ通じるという洞穴だった。そこはさほど恐ろしくなく、むしろ神秘的な静けさをたたえ、人を惹きつけた。楽の音はその入口から伝わっており、奏者たちはすでに暗闇の中を穴の奥へと移動していた。彼が中へ潜ってゆこうとすると、ふいにすぐそばの湖底に人影が見えた。八字髭を生やし、グレーの軍服を着たあの男がまた現れたのだ。男は水中に立ち、身動きもせずにグーロフを見つめ、冷たい笑みを漏らした。グーロフは内心の恐怖を抑えつけ、洞穴へと泳いでいった。男はぴたりと後をついてきて、手を伸ばして彼のくるぶしをつかんだが、彼はそれを振りほどき、洞穴の暗闇に飛び込んだ。チェロの音が不安な暗い旋律を奏で、グーロフは一本のロープをつかむようにその旋律をぐっとたぐり寄せ、穴の奥深くへと引き込まれていった。

導入は終わり、彼は水面を探りあてて身体を引き上げ、一本の細い通路へやってきた。先へ進むとつきあたりはやや広い円形の石室だった。周囲の壁の石は濃紺で、うっすらと青い光を放ち、なでてみるとじめじめして冷たかった。奏者たちはもう石室の中に並んで座っていた。グーロフは地面が船室の中にいるようにかすかに波打っているのに気づいた。ふいに第一楽章の副題を思い出した。「クジラのホール」だ。それはかつて空想した風景だった。コンサートホールが一頭のシロナガスクジラの体内に隠れ、オーケストラは海底で演奏するのだが、音は海水に融け込み、誰にも発見されない。その時、ウーンという声が石室の外から聞こえてきた。声は低く、幽遠で、外の暗闇そのものが発しているようなうなり声だった。それはクジラが眠る前に歌う唄で、今、そいつは眠ろうとして海のもっと深いところに潜っているのだとグーロフは悟った。第一楽章はその夢の中で奏でられるだろう。

それは幻想曲風の緩慢《アダージョ》な楽章だ。クラリネットがしずしずと、茫洋として落ち着いたテーマを奏で、チェロは周囲で仄暗い雰囲気をかき立て、海流のように深くそれを包み込んだ。ヴァイオリンの装飾音は暗闇の中でしなやかな光沢を揺らめかせ、つかず離れずクラリネットを追いかけ、まるでシロナガスクジラを取り巻く魚群のようだ……音楽は石室を浸し、周囲の壁の青い光は曲調に従って濃淡を変化させ、海底から望み見る天の光のように軽やかに揺れ動く。藍色の柔らかな光の中で、人々の表情はたいそう優しく、いくぶん幻想的でもあった。テーマがもう一度登場した時、それははじめよりいくらかひっそりとしていた。その後は極めて静謐な終幕《コーダ》だ。

ムーシンはクラリネットを下ろし、満足げに目を開いた。グーロフは彼に笑いかけたが、笑顔は途中で止まった。二人が同時に上方の石板を見上げると、そこは次第に透明になってゆき、まるで天窓が開いたかのように外の黒々とした海水が露わになった。遠くの暗闇の中に赤い光が瞬いてぐんぐん近づいてくるのが見え、次第にはっきり姿を現すとそれは血のような赤い色をした一隻の潜水艦で、こちらに向かってまっしぐらに進んでくるのだった。グーロフは舷窓の中のあの男の影を、見たというより感じ取った。男の顔はガラスに張りつき、顔つきは恐ろしげにゆがみ、視線はクジラを貫いて彼らをまっすぐ見ていた。

「また来たぞ」グーロフは震え声で言った。「私たちに追いついたんだ」

「海底に隠れたとしても」ムーシンは言った。「君はやはり恐怖から逃れられないんだね。

かまわない、移動すれば済むことだ」彼がさっと手を振ると、奏者と楽器が霧と化してその手のひらに収まった。二人は通路に沿って駆け戻った。あのクジラはどうなるのかと尋ねると、ムーシンは言った。「君は考えなくていい、あれは大丈夫だ」

通路の側面に、先ほどはなかった横道が一本できていた。下へ向かう坂道で、二人はそこに飛び込んだ。それは萌黄《もえぎ》色のトンネルで、木でできているらしく、極めて滑らかに磨きあげられており、その中をしばらく滑り降りると通路はまた上に向き始め、滑る速度はゆっくりになってゆき、停まったところがちょうど出口だった。

強い光が眩しかった。這い上がるとそこは神殿のような空間で、荘厳で華麗なことこの上なく、床や壁、高くそびえる丸天井はどれも明るく艶やかな薔薇色で、中央に金色の柱が一本、金色に輝く円形の平台を支えており、あたかも彼らに演奏の場所を提供しているかのようだった。蕊珠宮《ずいしゅきゅう》だ、とムーシンが言った。花のつぼみの中にあって、ウクライナの大草原の奥深くに育ち、周囲は生い茂る草に隠されている。僕たちは今、塵《ちり》のように小さくなって、その花の蕊《しべ》の上で第二楽章を演奏するんだ。音がつぼみの外に漏れたとしても、蝶のあくびよりもか細いから、どんなに鋭い耳でも僕たちを見つけることはできないよ、だから心配は無用だ……始めよう。二人の身体は舞い上がり、その金色の蕊の上に降りた。ムーシンが手を開くと、ランプの精が呼び出されるかのように楽団が虚空の中から移動してきた。すべては整った。
第二楽章は速いテンポ《アレグロ》の宮廷舞曲《メヌエット》だ。二丁のヴァイオリンが典雅で快活な旋律を忙《せわ》しく織りなし、弦からは馥郁《ふくいく》とした香気が放たれる。ビオラの音は曲がりくねり、朝靄の中の河の流れのようにおぼろげながら活気がある。クラリネットからは朝霞のようなフレーズが立ち昇り、グーロフは桃色の輝きがつぼみの先端から滝のように降り注ぐのを見た……

グーロフが自分の小さな部屋で第二楽章の空想に夢中になっている時、ヴァルキンたちはクズミンの同僚らに警察署へと連行されていた。証拠物件も車で輸送された。サクソフォン、ドラムセット、いくつもの大きな箱に入れられたボーン・レコード、まだ切り取られていないX線フィルム、レコードを作る機械。尋問は深夜一時に始まり、ほとんどの者がすぐに自供した。彼らのリーダーはピョートル・アレクシエーヴィチ・アリョーシンという青年で、クズミンはその姓に覚えがあった。ピョートルの父親はモスクワの高名な技術者で、休暇の時だけレニングラードの別荘に滞在しており、普段はそこは空き家だったので、青年たちの秘密の集会所になっていた。ボーン・レコードを売った金は大半が使い果たされており、残りはさほど多くなかった。刑事たちはグーロフについて尋ねたが、みな、彼は無関係だと言った。クズミンがあの譜面を取り出して矢継ぎ早に問い詰めると、ついにトランペットの青年が認め、それはグーロフが書いてくれたものだと供述した。

「非合法にレコードを製造し、演奏した青年の集団に、審査を経ていない楽曲を提供した」

書記官が傍らで書き留めた。


つぼみは第二楽章の末尾でゆるゆるとほころび始めた。周囲の草の葉は巨大な連峰のごとく日の光を遮り、青空だけがぽつりぽつりと覗いている。二つの楽章に浸され、洗われて、グーロフは身体がますます軽くなり、足先はほとんど地につかないほどだった。しかし胸のうちは重苦しく、血管の中で何かが膨張し、今にも噴き出しそうだ。無意識のうちにはっと顔を上げると、草の茎の間に巨大な一つ目が彼をじっと見つめており、灰色の虹彩《こうさい》の模様が荒野の中の谷間のようだった。眼球は素早く上がってゆき、それから大きな黒い影が彼らの上空に降りてきて、みるみる拡大した。それはあの男の靴底だった。グーロフは今度はいくらか落ち着いており、ムーシンの方を見やるとすでに奏者たちをしまっていた。二人は急いで元の道を撤退した。しばらく漂うと萌黄色の草の管は粗い岩壁に変わり、まるで地底の洞穴に入ったようだった。穴の口を出ると、そこは小さな谷だった。二人は谷底にゆっくりと舞い降りた。周囲には銀灰色の山々が連なり、古代ローマの闘牛場の遺跡のように円形をなしていた。荒れ果てて、真っ暗な大地には草も生えていない。頭上は星空だ。グーロフはこれほど濃密な暗闇と、遮るもののない星空をいまだかつて見たことがなく、たちまち眩暈《めまい》がした。天地の間には何の物音もせず、極度の静寂に満ちていた。

「月の裏側には、まだ名前のついていない円環状の山があるんだ」ムーシンは言った。「コンサートホール一つ分ほどの空気が僕たちを包んでいるほかは、すべて真空だ。宇宙は最も広大な防音壁だよ」彼はクラリネットを唇のそばに掲げ、背後の四本の弓は弦にあてられた。グーロフは集中して耳を傾けた。演奏が始まった。

第三楽章はゆるやかな速《ラ》さ《ル》《ゴ》の三部曲で、聖歌風だった。クラリネットがゆっくりと静謐《せいひつ》な和音を奏で、それを何度か反復し、抑制を利かせつつ壮大に、弦楽器の弱奏と融け合って、深淵のように果てしない、世紀をもって測るほどの孤独を星空の下に描き出した。中盤は哀しみが少しずつ旋回し、クラリネットが挽歌のような旋律を吐き出し、管の中からきらきらと光る粒がぽつりぽつりと漂い出てグーロフの頭上を飛び交い、回転すると、暗闇の中に融け込んだ。それは記憶の中の一人一人の名前だった。消え去った名前、もみ消された名前、口に出すことを禁じられた名前……すべての苦しみを慰める終幕では、グーロフは自分も舞い上がってゆくように感じ、暗闇の純粋な美しさを味わった……金属的な光芒を放つ巨大な星が急速に水平移動し、鋭利な直線を描いて奏者たちの上空で止まった。二つの赤い光が、一対の疑り深い目のように交互に瞬いている。衛星だった。グーロフは誰がそれを操っているのかを知っていた。
彼らは再び洞穴に逃げ込み、最後の楽章を演奏する場所へと駆けていった。

時刻は午前二時だった。ある指令がレニングラード市警に通達された。クズミンは命令を受けて数人を従え、その夜のうちに時計職人セルゲイ・セルゲーエヴィチ・グーロフの捕縛を開始した。前回の教訓に学び、一九号アパートから通り半分を隔てた暗がりに車を停めると、歩いてゆき、物音をひそめて階段を上がった。ほかの警官たちは元々クズミンの同僚で、彼が指揮を執るのが不愉快だった上に、逮捕するのはただの老人であるため、やる気なく後ろでぐずぐずとして、クズミンが先陣を切って上がってゆくのに任せていた。

グーロフは一面の雪原に立っていた。周囲を見渡すと数本のモミの木が見え、枝葉の上の方は砂糖衣のような白雪に覆われ、下の方は暗緑色の縁取りを露わにし、雪に映《は》えてほとんど黒に近かった。数本の木の棒で組んだ籬《まがき》。丸々と太った雪だるま。遠くに木の小屋があり、屋根は分厚い雪に覆われ可愛らしく丸みを帯びて、窓からは黄色い光が漏れていた。その風景を知っているような気がしてムーシンに尋ねようとすると、奏者たちはすでにモミの木の下に腰掛けて準備をしていた。燕尾服の黒、弦楽器の赤褐色、枝葉の暗緑色が、雪原の上でことのほか目を引いた。グーロフは、この一幕はかつて夢の中で見たのだと確信した。

第四楽章は歩くような速さ《アンダンテ》、変奏曲で、チェロが子守歌風のテーマを悠然と奏で、クラリネットがそれに伴いたゆたった。二丁のヴァイオリンの音色が小屋の窓の灯火をさらに輝かせ、雪の上に黄金色の印をつける。変奏が始まった時、雪が降り出した。雪の粒はまばらで、楽の音とともに舞い飛び、ゆっくりと降下して梢を滑り落ち、グーロフの白い髪の中に消えた。刹那の間に彼は何かを思い出し、空中の雪の粒に手を伸ばした。真っ白でよく締まっているが、少しも寒くない。彼ははたと悟った。これは本物の雪原ではなく、自分たちはスノードームの中にいるのだ。それは七歳の時に父親がグーロフのためにキーウから持ってきてくれたプレゼントで、子どもの頃に最も愛したおもちゃだった（その後、なぜかなくしてしまい、ひとしきり泣きわめいた）。毎晩、眠る前に眺めては振り動かし、いつまでも飽きなかった。振ると舞い上がる雪の粒は夢の中に漂い込んだ。彼は自分がかつてその木の小屋の窓や煙突にどれほどの幻想を塗り込めたか、よく思い出せなかった。こんな木の小屋がどれほど欲しかったことか。森の片隅、しんと静かな雪原に置かれ、小動物たちと一緒に雪だるまを作り、雪が降り始めると小屋の中の両親の呼ぶ声が聴こえる。それは彼のあらゆる夢の世界の中で最も安らかで、最も甘いものだった。楽の音の中で雪の落ちる夜空を眺めると、降りしきる雪粒の間、夜の帳《とばり》の奥深くに、子どもの顔がぼんやりと浮かび、銀河のように淡い輪郭をもって、モミの木の下の楽団を夢中で見つめていた。それは子ども時代の自分だ、と彼は思った。
夜空が突然、震えた。樹上の積雪がさらさらと落ちてきた。ムーシンは目を見開いたが、演奏は止めなかった。もう一度。子どもの幻影は消え、天幕はまた漆黒を取り戻し、黒の上に銀色の線が、ひげ根のように一本ずつ伸び始めた。

クズミンは五階の廊下を通りながら、ヴァルキンの部屋も後で捜索しなければ、ほかにも罪状がないとは限らない、と考えた。グーロフのドアの下からひとすじの光が漏れているのを見て胸をなでおろしたが、すぐさま奇妙だと感じた。この老人は深夜にもまだ眠っていないのか。戸口に近づき、必要もないのに中の様子を窺った。誰かが小声で何かを呟くのが聴こえ、そこで彼はドアをノックした。

振動は次々と伝わってきた。天幕の銀線はもうクモの巣のようだ。ガラスの球が割れてしまう、と恐怖に駆られてムーシンを見ると、なお動じることなく演奏しており、落ち着いてこちらを見つめるので、無理やり気を静めて音楽を受け入れた。振動は少しずつ止んだ。楽章は終わりに近づき、暗い変奏の中、雪は極めて緩慢に落ち、モミの木の梢はあたかも空気の中に凝固したようにぴくりとも揺るがない。小屋の明かりが消えた。完全なる静寂。ムーシンのそばの奏者たちはすでに消え失せ、彼もほとんど透明になっており、グーロフの方に漂ってくると合体して一つになった。グーロフはクラリネットを手に一人ぼっちで雪原に佇み、最後の旋律を吹き始めた。

アパートのベッドで、グーロフの身体は丸く縮こまっていた。彼は魂の中に丸い波紋が次々と広がり、音楽に和して渦と旋回するのを感じたが、それをどこへ吐き出せばよいかわからなかった。細胞の一つ一つに幻の音楽が充満し、身体の中であたかも一切合切の鳥がさえずり、光の翼を次々とはためかせ、四方へと飛び去ろうとしているようだった……

クズミンは脇へ避けた。屈強な警官が数歩後ろに下がり、ドアに体当たりした。

九　解けない疑問

一九五七年十一月八日、クズミンは一人、人事ファイル管理室に座り、整理したばかりの報告書を読んでいた。そこには二日前にボーン・レコードの根城《ねじろ》を壊滅させた経緯と、容疑者の供述が詳細に記録されていた。逃亡犯セルゲイ・セルゲーエヴィチ・グーロフの写真と外見の描写はすでに各支部に送られ、捜索と逮捕への協力を要請していた。単純に推測すれば、彼がふるさとのディカーニカへ戻った可能性は高い。どうやって情報を手に入れ事前に逃げおおせたか、クズミンにはやはりわからないままだった。アパートの状況から見て、その夜に逃げる考えを持ったに違いなかった。室内の衣類や貴重品はどれも持ち去られておらず、明かりも消えていなかったから——最後の一つはアリバイ工作なのかもしれないが。

ある小さな出来事について、クズミンは報告書に書かなかった。沈黙のうちに心の中でそれを整理し、「幻覚」の棚に置いたが、ずっと確信が持てずにいた。彼は報告書を閉じ、最後に一度考えを巡らせ、それを忘れることにした。

からっぽの部屋に押し入り、ほかの警官たちが頭を掻きむしって悪態をつく中で、クズミンは室内を見回し、あの小さなベッドの前、数ヴェルショーク〔一ヴェルショークは約四・四五センチ〕四方の床板の上にたくさんの小さな黒い点が浮遊し、おたまじゃくしのように細い尾を引いて空中を漂っていることに気づいた。目がかすんだのかと思い近づいてよく見ると、その黒い点はもう旋回する蚊柱か漂う粉塵のようになり、ますます小さくなって、彼が巻き起こした気流に呑まれて窓の外へと運ばれてゆき、晩秋の夜の中に融けてしまった。

二〇一九年七月十六〜二十三日

*1　**ジダーノフ**　アンドレイ・ジダーノフ（一八九六〜一九四八）。ソ連の政治家。スターリン体制で前衛芸術批判を行った。

*2　**スースロフ**　ミハイル・スースロフ（一九〇二〜一九八二）。ソ連の政治家。フルシチョフ、ブレジネフ時代にソ連政府で黒幕的な地位を占めた。

*3　**ショスタコーヴィチ**　ドミートリイ・ショスタコーヴィチ（一九〇六〜一九七五）。ソ連の作曲家。

*4　**「力強い一団」**　一九世紀後半のロシアで国民音楽の創造を目指して活躍した作曲家集団。ロシア国民楽派。バラキレフ、キュイ、ムソルグスキー、リムスキー＝コルサコフ、ボロディンの五人からなる。

*5　**ムソルグスキー**　モデスト・ムソルグスキー（一八三九〜一八八一）。ロシアの作曲家。

解説

作者について

本書の作者である陳春成は一九九〇年、福建省寧徳市に生まれた。高校時代は理数系科目を得意とする一方、文学に対しても強い興味を抱き、漢詩を書くのが趣味だった。政治系科目を嫌い、二年次に理数系コースを選択したが、制度上の理由で文系学部を受験できず、やむなく土木系へ進学し、専門科目を学びながら独自に詩や散文を書いた。卒業後は専門を生かして造園技師として植物園に就職し、余暇に個人のブログや文芸誌で小説を発表した。中国では、専業作家になる前に教員や編集者、研究者として働き、デビュー後も兼業する作家は少なくない。また近年は理数系出身や高い学歴を持たない詩人、作家も登場し注目を集めている。そうした中でも土木系出身の作家は珍しく、陳春成の経歴は中国の文学界では異色といえよう。

陳春成が自身のブログや文芸誌で小説を発表し始めたのは二〇一七年、二十七歳の時である。

最初の短編「裁雲記」に始まり、「杜氏（原題〈醸酒師〉）」「夜の潜水艦（〈夜晩的潜水艇〉）」「彩筆伝承（〈伝彩筆〉）」と発表を重ねるうち、彼の独特の作風は人々の注目を集め、次の作品を心待ちにするファンが続出した。二〇一九年、「音楽家」が文芸誌『収獲』の作品ランキングで中編小説賞を受賞したのを皮切りに、彼の小説はさらに大きなブームを呼んだ。二〇二〇年九月に出版した初の小説集『夜の潜水艦』は、インターネットサイト「豆瓣《ドウバン》」の二〇二〇年度中国文学小説類ランキングで一位となり、二〇二一年一月に週刊誌『亜洲週刊』二〇二〇年十大小説ランキングで二位を獲得、さらに十月に第一回ＰＡＧＥ ＯＮＥ文学賞と第四回ブランパン理想国文学賞でグランプリを獲得、続いて全国の書店百社の注目書籍を対象とした杭州の文学賞である単向街書店文学賞の第六回年度作品賞を授与されるなど、まさに文学界を席巻する勢いであった。

こうして陳春成は瞬く間に文学界の新星となった。インタビューやトークイベントが相次ぎ、さらに男性誌『時尚先生』（『Ｅｓｑｕｉｒｅ』中国版）で特集が組まれた。それまで、日中は閑散とした植物園で働き、職場の上司や同僚とは互いに私生活に干渉しない静かな生活を送り、余暇の執筆活動には安らぎを感じるとともに、「地下活動」に従事するような密かな刺激を覚えてもいたという。数々のインタビューやトークショーでの受け答えからは、彼の「地下活動」が突然、スポットライトを浴びるようになったことに対する、隠せない戸惑いが伝わる。短編集の出版までは「周囲から煙たがられるほど、文学についての話し相手を求めていた」が、度重なる取材攻勢を受け、作品について繰り返し語らねばならないことに倦むようになった。短編集については、「たった九篇しかなく、それほど多く語られる価値はない」と控えめで、作家としての将来についても、「書けば書くほどうまくなるとはいえないし、時間とともに作品が良くなるわけではない」と冷静だ。職業作家ではなかった彼は、これまで何らかの使命感に駆られて作品を著したり、締切に苦しんで執筆したりといった経験がなく、書くことに対して救いや戦い、ある種の和解を求める考えもなかった。ただ書きたいという欲求に従って書き、そのことに最大の喜びを感じ、生みの苦しみすら楽しく、「ただ書く喜びが永遠に続いてほしいと願って」いた。小説を書き始めた当初は、書き終えて時間をおくと作品が平凡に見えてくることに悩んだ。「幻滅の虚無感に抵抗するために、自分が満足できる作品を書き続けよう」と考えている現在、「自分が繰り返し読むことのできる作品を書くこと」が最大の目標で、『夜の潜水艦』には今のところ満足しているという。書くことの純粋な喜びから生まれた本書は、若々しく無垢な想像力の自由な羽ばたきが広範な読者の支持を得た、幸福な作品集といえるだろう。

二〇二一年、彼は約二年間にわたる沈黙を破り、受賞ラッシュ後の第一作「雪山《せっせん》大士」を『収獲』第五期に発表した。かつて名門サッカーチームで活躍し、怪我で引退した一人の選手の、引退前後の奇妙な体験を描いた短編小説である。作者の該博な知識と、東洋と西洋が奇縁によって結びつく独特の世界観は、この作品にも生かされている。

二〇二二年一月、二十～三十五歳の若者向けネットメディア『封面新聞』は「封面新聞名人堂・二〇二一年度新鋭青年作家」五名のうちの一人に陳春成を選んだ。現在、彼は植物園を退職し、福建省泉州市を拠点に専業作家として執筆活動を行っている。陳春成の文学の冒険は、紺碧の大海へ漕ぎだしたばかりである。

本作品集について

本作品集『夜の潜水艦』は、《夜晩的潜水艇》(上海三聯書店、二〇二〇年九月)

に収録された九篇の中短編小説から、「紅楼夢ミサ（原題〈紅楼夢弥撒〉）」を除く八篇を邦訳したものである。

本書を一読してわかるように、陳春成の作品世界は多様である。「竹峰寺」や「李茵の湖〈李茵的湖〉」で中国の伝統文化への深い愛着を示したかと思えば、「音楽家」では西洋近代音楽に対する造詣で読者を驚かす。本書所収の作品に関していえば、執筆ペースは極めて速く、二〇一七年は「裁雲記」「杜氏」「夜の潜水艦」「彩筆伝承」の短編四篇、二〇一八年は中編「竹峰寺」と短編「李茵の湖」、二〇一九年には中編「音楽家」と短編「尺波」、と立て続けに発表しながら、すべて異なる題材を深く描き込んでおり、そのイメージの豊かさと構成の複雑さ、作品世界を支える知識の広さ、さらに物事のつながりを見つめる穏やかな眼差し、恬淡とした筆致は、年齢に比して驚くべき成熟ぶりである。

文化的な知識の広範さは、陳春成が成長した時代や環境と無縁ではないだろう。鄧小平が「南巡講話」で改革開放促進の号令を発したのは、彼が生まれて二年後、一九九二年のことである。急激な経済成長を遂げゆく中国で青春期を過ごした若者らしい開けた視野に加えて、台湾と海峡を隔てて向かい合い、古来より対外貿易が盛んで、海外移住者の多い福建という土地柄ゆえの異文化への懐の深さが、彼においては多彩な作品世界として表れているように思われる。またそのような、異文化の影響を受けやすく移ろいやすい生活環境や、目覚ましく発展し変貌を遂げる祖国のありようは、変化に対する作者の鋭敏な感受性と、目に見えない物事のつながりを見出す力を養い、彼の作品の底流を形作ったといえるのではないだろうか。

政治や社会に関わる直接的な描写が極めて少ないことは、陳春成の小説のもう一つの特徴である。「裁雲記」には教条主義的な役所のあり方への皮肉が、「音楽家」には強権体制のもとに表現の自由を制限された芸術家の姿が描かれ、厳しい制約のもとで自らの生の意味を探求する人々の生きざまが浮き彫りにされている。だが彼の作品は、現実的、政治的な苦難や不公正を告発することが主眼ではない。登場人物たちはみなそれぞれ自分の世界に埋没し、世間で起こっていることに自ら積極的に関わったり、社会を変えようと動いたりはしない。ともすれば現実から遊離したものととられかねないこうした創作傾向について、陳春成自身はインタビューで次のように語っている。

「私は自分の経験にはあまり触れません。それが細かいところに隠れていたり、あるいは荒唐無稽な空想の中に隠れていたりして、反射したり、光ったり、匂いとして現れたりする方が好きです。もしかしたら、〝厳しい現実〟というテーマが好きな読者の中には、私の空想物語が幻想的で派手で、現実の生活や困難への配慮に欠けていると感じる人もいるかもしれません。しかし、現実の世界との付き合い方が一つしかないとは思いません。ありのままに描写するだけでなく、別の世界を構築する能力も必要ではないでしょうか。そして注意を払えば、どんなに奇抜な物語の中にも、現実が鮮やかに反映されていることがわかるのです」（『澎湃新聞』二〇二〇年十月二十九日）

現実の厳しさや残酷さを直截に描き、体制下の人々の苦しみに寄り添う作品は、それ自体がメッセージ性という強い力を持つ。しかし陳春成はそうした方法ではなく、一見、風変わりで奇妙な世界を構築し、そこに現実の断片を「色」や「光」、「匂い」といった様々な形象としてちりばめることによって、それらとの一つの付き合い方を示す手法を選んだ。彼の作品に登場する人物の多くは、千変万化する世間のありようについてゆくことができず、自分の空想世界にひきこもることによって精神のバランスを保つ。その世界が壊され、失われようとする時、彼らはそこへの鍵を誰にも触れることのできない場所に隠し、そうすることによって、ある者は魂の安寧を得、またある者は喪失した過去の光り輝く記憶を抱きながら、静かな余生を送るのだ。彼らは、激動の変化を遂げ続ける中国社会の片隅に、ひっそりと、だが確実に存在する人々の姿を映しているに違いない。同時にそれは、この本を読む私たちの姿にもどこか似ているように思われる。

先述のように、本邦訳では、中国語版に収録されている中編小説「紅楼夢ミサ」は訳出していない。ほかの作品とのバランスを考慮し、作者の了解を得て外したが、この場を借りてこの作品についても紹介しておきたい。

「紅楼夢ミサ」は二〇一八年三月十一日に完成した。物語の舞台となる時代は四九世紀の未来である。昏睡状態だった男が数千年ぶりに目覚めると、そこは失われた古典文学『紅楼夢』が人々の想像の中で宗教的な力を持つ経典としてあがめられる世界だった。男は実物の『紅楼夢』を読んだことのある人物として、政府機関や反体制派から狙われる。SF的要素を含んだこの物語は、文学作品を神聖化して争う人々の姿に古典崇拝への諷刺を読むこともできるが、作者にはそのような意図はなく、むしろ「竹峰寺」に見られるような、形を失っても森羅万象の中に存在の片鱗を残す文学の永遠性について書いたという。陳春成の文学のテーマである喪失と伝承、隠蔽のモチーフが、ここにも投影されているといえるだろう。

なお本書の邦訳にあたり、「音楽家」は作者による修正稿をテキストとした。修正箇所は「聖域」に関する描写のごく一部のみであり、ほかの部分は原書のままである。

本書の翻訳と刊行にあたり力を尽くしてくださった皆様に、心より御礼申し上げます。表紙を飾る鍵の入ったスーツケースは、世界的なインスタレーション・アーティストである宮永愛子さんの《suitcase -key-》という作品です。アルビレオのブックデザイナー、西村真紀子さんは、本書の訳稿を読んだうえで、宮永さんの作品をモチーフに、素晴らしいデザインに仕上げてくださいました。本書が結んでくれたご縁に感謝いたします。

大久保 洋子

陳 春成 Chen Chuncheng ちん・しゅんせい

1990年中国福建省寧徳市生まれ。土木系学部に進学し、専門を学ぶかたわら詩や散文を書く。卒業後、造園技師として地元の植物園に勤務しながらSNSや文芸誌で小説を発表。2019年、「音楽家」が文芸誌『収獲』中篇小説賞を受賞。本書『夜の潜水艦』（原題『夜晩的潜水艇』2020年）は著者のデビュー短編集で、中国で出版されるや大胆なイマジネーションとエレガントな文体が大きな話題となり、同年の「豆瓣《ドウバン》」中国文学小説類ランキング第1位、2021年の「『亜洲週刊』が選ぶ十大小説」第2位に選出された。さらに第1回PAGE ONE文学賞、第6回単向街書店文学賞、第4回ブランパン理想国文学賞（いずれも2021年）を立て続けに受賞するなど、高い評価を受けている。現在は専業作家として福建省泉州市を拠点に活動している。

大久保洋子 おおくぼ・ひろこ

1972年東京生まれ。北京師範大学文学院で中国近現代文学専攻。文学博士。訳書に郝景芳『流浪蒼穹』（共訳、早川書房）、「ポジティブレンガ」（『絶縁』小学館）、陸秋槎「物語の歌い手」（『ガーンズバック変換』早川書房）、宝樹「時の祝福」（『中国史SF短篇集　移動迷宮』中央公論新社）、江波「太陽に別れを告げる日」（『時のきざはし　現代中華SF傑作選』新紀元社）、葉広芩「外人墓地」（『胡同旧事』中国書店）、郁達夫「還郷記」（『中国現代散文傑作選1920-1940』勉誠出版）など。

夜《よる》の潜《せん》水《すい》艦《かん》

2023年5月27日　第1刷発行

著者　陳《ちん》 春《しゅん》成《せい》
訳者　大《おお》久《く》保《ぼ》洋《ひろ》子《こ》

発行者　林 雪梅
発行所　株式会社アストラハウス
〒107-0061 東京都港区北青山3-6-7
青山パラシオタワー11階
電話 03-5464-8738
印刷　株式会社光邦

DTP　蛭田典子
編集　和田千春

ISBN 978-4-908184-43-7　C0097